黃昏裡的男孩

余華

新版代序

余華

《黃昏裡的男孩》是我從一九八六年到一九九八年的寫作旅程，十多年的漫漫長夜和那些晴朗或者陰沉的白晝過去之後，歲月留下了什麼？我感到自己的記憶只能點點滴滴地出現，而且轉瞬即逝。回首往事有時就像是翻閱陳舊的日曆，昔日曾經出現過的歡樂和痛苦的時光成為了同樣的顏色，在泛黃的紙上字跡都是一樣的暗淡，使人難以區分。這似乎就是人生之路，經歷總是比回憶鮮明有力。回憶在歲月消失後出現，如同一根稻草漂浮到溺水者眼前，自我的拯救僅僅只是象徵。同樣的道理，回憶無法還原過去的生活，它只是偶然提醒我們：過去曾經擁有過什麼？而且這樣的提醒時常以篡改為榮，不過人們也需要偷樑換柱的回憶來滿足內心的虛榮，使過去的人生變得豐富和飽滿。我的經驗是：寫作可以不斷地去喚醒記憶，我相信這樣的記憶不僅僅屬於我個人，這可能是一個時代的形象，或者說是一個世界在某一個人心靈深處的烙印，那是無法癒合的疤痕。我的寫作喚醒了我記憶中無數的欲望，這樣的欲望在我過去生活裡曾經有過或者根本沒有，曾經實現過或者根本無法實現。我的寫作使它們聚集到了一起，在虛構的現實裡成為合法。十多年之後，我發現自己的寫作已經建立了現實經歷之外的一條人生道路，它和我現實的人生之路同時出發，並肩而行，有時交叉到了一起，有時又天各一方。因此，我現在愈來愈相信這樣的話——寫作有益於身心健康，因為我感到自己的人生正在完整起來。寫作使我擁有了兩個人生，現實的和虛構的，它們的關係就像是健康和疾病，當一個強大起來時，另一個必然會衰落下去。於是，當我現實的人生愈來愈貧乏之時，我虛構的人生已經異常豐富了。

這些中短篇小說選集所記錄下來的，就是我的另一條人生之路。與現實的人生之路不同的是，它有著還原的可能，而且準確無誤。雖然歲月的流逝會使它紙張泛黃字跡不清，然而每一次的重新出版都讓它煥然一新，重獲鮮明的形象。這就是我為什麼如此熱愛寫作的理由。

目次

我沒有自己的名字

有一天，我挑著擔子從橋上走過，聽到他們在說翹鼻子許阿三死掉了，我就把擔子放下，拿起掛在脖子上的毛巾擦臉上的汗水，我聽著他們說翹鼻子許阿三是怎麼死掉的，他們說是吃年糕噎死的。吃年糕噎死，我還是第一次聽說，以前聽說過有一個人吃花生噎死了。這時候他們向我叫起來：

「許阿三……翹鼻子阿三……」

我低著頭「嗯」的答應了一聲，他們哈哈笑了起來，問我：

「你手裡拿著什麼？」

我看了看手裡的毛巾，說：

「毛巾。」

他們笑得嘩啦嘩啦的，又問我：

「你在臉上擦什麼？」

我說：「擦汗水呀。」

我不知道他們為什麼這樣高興，他們笑得就像風裡的蘆葦那樣倒來倒去，有一個抱著肚子說：

「他——還——知道——汗——汗水。」

另一個靠著橋欄向我叫道：

「許阿三，翹鼻子阿三。」

他叫了兩聲，我也就答應了兩聲，他兩隻手捧著肚子問我：

「許阿三是誰？」

我看了看他，又看了看旁邊那幾個人，他們都張著嘴睜著眼睛，他們又問我：

「誰是翹鼻子許阿三？」

我就說：「許阿三死掉了。」

我看到他們睜著的眼睛一下子閉上了，他們的嘴張得更大了，笑得比打鐵的聲音還響，有兩個人坐到了地上，他們哇哇笑了一會後，有一個人喘著氣問我：

「許阿三死掉了……你是誰？」

我是誰？我看著他們嘿嘿地笑，我不知道該怎麼說。我沒有自己的名字，可是我一上街，我的名字比誰都多，他們想叫我什麼，我就是什麼。他們遇到我時正在打噴嚏，就會叫我噴嚏；他們剛從廁所裡出來，就會叫我擦屁股紙；他們向我招手的時候，就叫我過來；向我揮手時，就叫我滾開……還有老狗、瘦豬什麼的，他們怎麼叫我，我都答應，因為我沒有自己的名字；他們只要湊近我，看著我，向我叫起來，我馬上就會答應。

我想起來了，他們叫我叫得最多的是：喂！

我就試探地對他們說：

「我是……喂！」

他們睜大了眼睛，問我：

「你是什麼？」

我自己是不是說錯了，就看著他們，不敢再說。他們中間有人問我：

「你是什麼……啊？」

我搖搖頭說：「我是……喂。」

他們互相看了看，然後譁譁地笑了起來，我站在那裡看著他們笑，自己也笑。橋上走過的人看到我們笑得這麼響，也都哈哈地笑起來了。一個穿花襯衣的人叫我：

「喂！」

我趕緊答應：「嗯。」

穿花襯衣的人指著另一個人說：

「你和他的女人睡過覺？」

我點點頭說：「嗯。」

另一個人一聽這話就罵起來：

「你他媽的。」

然後他指著穿花襯衣的人對我說：

「你和他的女人睡覺時很舒服吧？」

我點點頭說：「嗯。」

他們都哈哈地笑著，他們經常這樣問我，還問我和他們的媽媽是不是睡過覺。很多年以前，陳先生還活著的時候，陳先生還沒有像翹鼻子許阿三那樣死掉時，陳先生站在屋簷下指著我說：

「你們這麼說來說去，倒是便宜了他，是不是？這麼一來他睡過的女人幾卡車都裝不下了。」

我看著他們笑時，想起了陳先生的話，就對他們說：

「我和你們的女人都睡過覺。」

他們聽到我這樣說，一下子都不笑了，都睜著眼睛看我，看了一會，穿花襯衣的人走過來，舉起手來，一巴掌打下來，打得我的耳朵嗡嗡直響。

陳先生還活著的時候，經常站在藥店的櫃檯裡面，他的腦袋後面全是拉開的和沒有拉開的小抽屜，手裡常拿著一把小秤，陳先生的手又瘦又長。有時候，陳先生也走到藥店門口來，看到別人叫我什麼，我都答應，陳先生就在那裡說話了，他說：

「你們是在作孽，你們還這麼高興，老天爺要罰你們的……只要是人，都有一個名字，他也有，他叫來發……」

陳先生說到我有自己的名字，我叫來發時，我心裡就會一跳。我想起來我爹還活著的時候，常常坐在門檻上叫我：

「來發，把茶壺給我端過來……來發，你今年五歲啦……來發，這是我給你的書包……來發，你都十歲了，還他媽的念一年級……來發，你別念書啦，就跟著爹去挑煤吧……來發，再過幾年，你的力氣就趕上我啦……來發，你爹快要死了，我快要死了，醫生說我肺裡長出了瘤子……來發，你別哭，來發，我死了以後你就沒爹沒媽了……來發，來，發，來，來，發……」

「來發，你爹死啦……來發，你來摸摸，你爹的身體硬梆梆的……來發，你來看看，你爹的眼睛瞪著你呢……」

我爹死掉以後，我就一個人挑著煤在街上走來走去，給鎮上的人家送煤，他們見到我都喜歡問我：

「來發，你爹呢？」

我說：「死掉了。」

他們哈哈笑著，又問我：

「來發，你媽呢？」

我說：「死掉了。」

他們問：「來發，你是不是傻子？」

我點點頭：「我是傻子。」

我爹活著的時候，常對我說：

「來發，你是個傻子，你念了三年書，還認不出一個字來。來發，這也不能怪你，要怪你媽，你媽生你的時候，把你的腦袋擠壞了。來發，也不能怪你媽，你腦袋太大，你把你媽撐死啦……」

他們問我：「來發，你媽是怎麼死的？」

我說：「生孩子死的。」

他們問：「是生哪個孩子？」

我說：「我。」

他們又問：「是怎麼生你的？」

我說：「我媽一隻腳踩著棺材生我。」

他們聽後就要哈哈笑很久，笑完後還要問我：

「還有一隻腳呢？」

還有一隻踩在哪裡我就不知道了，陳先生沒有說，陳先生只說女人生孩子就是把一隻腳踩到棺材裡，沒說另外一隻腳踩在哪裡。

他們叫我：「喂，誰是你的爹？」

我說：「我爹死掉了。」

他們說：「胡說，你爹活得好好的。」

我睜圓了眼睛看著他們，他們走過來，湊近我，低聲說：

「你爹就是我。」

我低著頭想了一會兒，說：

「嗯。」

他們問我：「我是不是你的爹？」

我點點頭說：「嗯。」

我聽到他們嘎吱嘎吱地笑起來，陳先生走過來對我說：

「你啊，別理他們，你只有一個爹，誰都只有一個爹，這爹要是多了，做媽的受得了嗎？」

我爹死掉後，這鎮上的人，也不管年紀有多大，只要是男的，差不多都做過我的爹了。我的爹一多，我的名字也多了起來，他們一天裡叫出來的我的新名字，到了晚上我掰著手指數，都數不過來。

只有陳先生還叫我來發，每次見到陳先生，聽到他叫我的名字，我心裡就是一跳。陳先生站在藥店門口，兩隻手插在袖管裡看著我，我也會站在那裡看著陳先生，有時候我還嘿嘿地笑。站久了，陳先生就會揮揮手，說：

「快走吧，你還挑著煤呢。」

有一次，我沒有走開，我站在那裡叫了一聲：

「陳先生。」

陳先生的兩隻手從袖管裡伸出來，瞪著我說：

「你叫我什麼？」

我心裡咚咚跳，陳先生湊近了我說：

「你剛才叫我什麼？」

我說：「陳先生。」

我看到陳先生笑了起來，陳先生笑著說：

「看來你還不傻，你還知道我是陳先生，來發……」

陳先生又叫了我一聲，我也像陳先生那樣笑了起來，陳先生說：

「你知道自己叫來發嗎？」

我說：「知道。」

陳先生說：「你叫一遍給我聽聽？」

我就輕聲叫道：「來發。」

陳先生哈哈大笑了，我也張著嘴笑出了聲音，陳先生笑了一會後對我說：

「來發，從今往後，別人不叫你來發，你就不要答應，聽懂了沒有？」

我笑著對陳先生說：

「聽懂了。」

陳先生點點頭，看看我叫道：

「陳先生。」

我趕緊答應：「哎！」

陳先生說：「我叫我自己，你答應什麼？」

我沒想到陳先生是在叫自己，就笑了起來，陳先生搖了搖頭，對我說：

「看來你還是一個傻子。」

陳先生很早以前就死掉了，前幾天翹鼻子許阿三也死掉了，中間還死了很多人。和許阿三差不多年紀的人都是白頭髮白鬍子了，這些天，我常聽到他們說自己也快死了，我就想我也快要死掉了，他們都說我的年紀比翹鼻子許阿三大，他們問我：

「喂，傻子，你死掉了誰來給你收屍？」

我搖搖頭，我真不知道死掉以後，誰來把我埋了？我問他們死了以後誰去收屍，他們就說：

「我們有兒子，有孫子，還有女人，女人還沒死呢。你呢，你有兒子嗎？你有孫子嗎？你連女人都沒有。」

我就不作聲了，他們說的我都沒有，我就挑著擔子走開去。他們說的，許阿三倒是都有。翹鼻子許阿三被燒掉的那天，我看到了他的兒子，他的孫子，還有他家裡的人在街上哭著喊著走了過去，我挑著空擔子跟著他們走到火化場，一路上熱熱鬧鬧的，我就想要是自己有兒子，有孫子，家裡再有很多人，還真是很好的事。我走在許阿三的孫子旁邊，這孩子哭得比誰都響，他一邊哭一邊問我：

「喂，我是不是你的爹？」

現在，年紀和我差不多的人都不想再做我的爹了，以前他們給我取了很多名字，到頭來他們還是來問我自己，問我叫什麼名字？他們說：

「你到底叫什麼？你死掉以後我們也好知道是誰死了……你想想，許阿三死掉了，我們只要一說許阿三死了，誰都會知道，你死了，我們怎麼說呢？你連個名字都沒有……」

我知道自己叫什麼名字，我叫來發。以前只有陳先生一個人記得我的名字，陳先生死掉後，就沒有人知道我的名字了。現在他們都想知道我叫什麼，我不告訴他們，他們就哈哈地笑，說傻子就是傻子，活著時是個傻子，死掉後躺到棺材裡還是個傻子。

我也知道自己是個傻子，知道我這個傻子老了，我這個傻子快要死了，有時想想，覺得他們說得也對，我沒有兒子，沒有孫子，死了以後就沒人哭著喊著送我去燒掉。我還沒有自己的名字，我死掉後，他們都不知道是誰死了。

這些天，我常想起從前的那條狗來，那條又瘦又小，後來長得又壯又大的黃狗，他們也叫牠傻子，我知道他們叫牠傻子是在罵牠，我不叫牠傻子，我叫牠：

「喂。」

那個時候街上的路沒有現在這麼寬，房子也沒有現在這麼高，陳先生經常站在藥店門口，他的頭髮還都是黑的，就是翹鼻子許阿三，都還很年輕，還沒有娶女人，他那時常說：

「像我這樣二十來歲的人……」

那個時候我的爹倒是已經死了，我挑著煤一戶一戶人家送，一個人送了有好幾年了。我在街上走著，時常看到那條狗，又瘦又小，張著嘴，舌頭掛出來，在街上舔來舔去，身上老是濕淋淋的。我時常看到牠，所以翹鼻子許阿三把牠提過來時，我一眼就認出牠來了。許阿三先是叫住我，他和好幾個人一起站在他家門口，許阿三說：

「喂，你想不想娶個女人？」

我站在路的對面看到他們嘿嘿地笑，我也嘿嘿地笑了幾下，他們說：

「這傻子想要女人，這傻子都笑了……」

許阿三又說：「你到底想不想娶個女人？」

我說：「娶個女人做什麼？」

「做什麼？」許阿三說，「和你一起過日子……陪你睡覺，陪你吃飯……你要不要？」

我聽許阿三這樣說，就點了點頭，我一點頭，他們就把那條狗提了出來，許阿三接過來遞給我，那狗的脖子被捏著，四隻腳就蹬來蹬去，汪汪亂叫，許阿三說：

「喂，你快接過去。」

他們在一邊哈哈笑著，對我說：

「傻子，快接過去，這就是你的女人。」

我搖搖頭說：「牠不是女人。」

許阿三衝著我叫起來：

「牠不是女人，那牠是什麼？」

我說：「牠是一條狗，是小狗。」

他們哈哈笑起來說：

「這傻子還知道狗……還知道是小狗……」

「胡說。」許阿三瞪著我說道，「這就是女人，你看看……」

許阿三提著狗的兩條後腿，扯開後讓我看，他問我：

「看清楚了嗎？」

我點點頭，他就說：

「這還不是女人？」

我還是搖搖頭，我說：

「牠不是女人，牠是一條雌狗。」

他們哄哄地笑起來，翹鼻子許阿三笑得蹲到了地上，那條小狗的後腿還被他捏著，頭擦著地汪汪叫個不止。我站在他們旁邊也笑了，笑了一會，許阿三站起來指著我，對他們說：

「他還看出了這狗是雌的。」

說完他蹲下去又吱吱地笑了，笑得就像是知了在叫喚，他的手一鬆開，那條狗就呼地跑了。

從那天起，翹鼻子許阿三他們一見到我就要說：

「喂，你的女人呢……喂，你女人掉到糞坑裡去啦……喂，你女人正叉著腿在撒尿……喂，你女人吃了我家的肉……喂，你女人像是懷上了……」

他們哈哈哈哈笑個不停，我看到他們笑得高興，也跟著一起笑起來，我知道他們是在說那條狗，他們都盼著有一天我把那條狗當成女人娶回家，讓我和那條狗一起過日子。

他們天天這麼說，天天這麼看著我哈哈笑，這麼下來，我再看到那條狗時，心裡就有點怪模怪樣了，那條狗還是又瘦又小，還是掛著舌頭在街上舔來舔去。我挑著擔子走過去，走到牠身邊就會忍不住站住腳，看著牠，有一天我輕聲叫了牠一下，我說：

「喂。」

牠聽到了我的聲音後，對我汪汪叫了好幾聲，我就給了牠半個吃剩下的饅頭，牠叼起饅頭後轉身就跑。

給牠吃了半個饅頭後，牠就記住我了，一見到我就會汪汪叫，牠一叫，我又得給牠吃饅頭。幾次下來，我就記住了往自己口袋裡多裝些吃的，在街上遇著牠時也好讓牠高興，牠啊，一看到我的手往口袋裡放，就知道了，兩隻前腳舉起來，對著我又叫又抓的。

後來，這條狗就天天跟著我了，我在前面挑著擔子走，牠在後面走得巴噠巴噠響，走完了一條街，我回頭一看，牠還在後面，汪汪叫著對我搖起了尾巴，再走完一條街牠就不見了，我也不知道牠跑哪去了。等過了一些時候，牠又會突然竄出來，又跟著我走了。有時候牠這麼一跑開後，要到晚上天黑了的時候才回來，我都躺到床上睡覺了，牠跑回來了，蹲在我的門口汪汪叫，我還得打開門，把自己給牠看看，牠才不叫了，對著我搖了一會尾巴後，轉身巴噠巴噠地在街上走去了。

我和牠在街上一起走，翹鼻子許阿三他們看到了都嘿嘿笑，他們問我：

「喂，你們夫妻出來散步？喂，你們夫妻回家啦？喂，你們夫妻晚上睡覺誰摟著誰？」

我說：「我們晚上不在一起。」

許阿三說：「胡說，夫妻晚上都在一起。」

我又說：「我們不在一起。」

他們說：「你這個傻子，夫妻圖的就是晚上在一起。」

許阿三做了個拉燈繩的樣子，對我說：

「咔嗒，這燈一黑，快活就來啦。」

翹鼻子許阿三他們要我和狗晚上都在一起，我想了想，還是沒有和牠在一起，這狗一到天黑，就在我門口巴噠巴噠走開了，我也不知道牠去了什麼地方，天一亮，牠又回來了，在我的門上一蹭一蹭的，等著我去開門。

白天，我們就在一起了，我挑著煤，牠在一邊走著，我把煤送到別人家裡去時，牠就在近旁跑來跑去跑一會，等我一出來，牠馬上就跟上我了。

那麼過了些日子，這狗就胖得滾圓起來了，也長大了很多，牠在我身邊一跑，我都看到牠肚子上的肉一抖一抖了，許阿三他們也看到了，他們說：

「這母狗，你們看，這肥母狗……」

有一天，他們在街上攔住了我，許阿三沉著臉對我說：

「喂，你還沒分糖呢？」

他們一攔住我，那狗就對著他們汪汪叫，他們指著路對面的小店對我說：

「看見了嗎？那櫃檯上面的玻璃瓶，瓶裡裝著糖果，看見了嗎？快去。」

我說：「去做什麼？」

他們說：「去買糖。」

我說：「買糖做什麼？」

他們說：「給我們吃。」

許阿三說：「你他媽的還沒給我們吃喜糖呢！喜糖！你懂不懂？我們都是你的大媒人！」

他們說著把手伸進了我的口袋，摸我口袋裡的錢，那狗見了就在邊上又叫又跳；許阿三抬腳去踢牠，牠就叫著逃開了幾步，許阿三又上前走了兩步，牠一下子逃遠了。他們摸到了我胸口的錢，全都拿了出來，取了兩張兩角的錢，把別的錢塞回到我的胸口裡，他們把我的錢高高舉起，笑著跑到了對面的小店裡。他們一跑開，那狗就向我跑過來了。牠剛跑到我跟前，一看到他們又從小店裡出來，馬上又逃開去了。許阿三他們在我手裡塞了幾顆糖，說：

「這是給你們夫妻的。」

他們嘴裡咬著糖，哈哈哈哈地走去了。這時候天快黑了，我手裡捏著他們給我的糖往家裡走，那條狗在我前面和後面跑來跑去，汪汪亂叫，叫得特別響，牠一路跟著我叫到了家，到了家牠還汪汪叫，不肯離開，在門前對我仰著腦袋，我就對牠說：

「喂，你別叫了。」

牠還是叫，我又說：

「你進來吧。」

牠沒有動，仍是直著脖子叫喚著，我就向牠招招手，我一招手，牠不叫了，呼地一下竄進屋來。

從這天起，這狗就在我家裡住了。我出去給牠找了一堆稻草回來，鋪在屋角，算是牠的床。這天晚上我前前後後想了想，覺得讓狗住到自己家裡來，和娶個女人回來還真是有點一樣，以後自己就有個伴了，就像陳先生說的，他說：

「娶個女人，就是找個伴。」

我對狗說：「他們說我們是夫妻，人和狗是不能做夫妻的，我們最多只能做個伴。」

我坐到稻草上，和我的狗坐在一起，我的狗對我汪汪叫了兩聲，我對牠笑了笑，我笑出了聲音，牠聽到後又汪汪叫了兩聲，我又笑了笑，還是笑出了聲音，牠就又叫上了。我笑著，牠叫著，那麼過了一會，我想起來口袋裡還有糖，就摸出來，我剝著糖紙對牠說：

「這是糖，是喜糖，他們說的……」

我聽到自己說是喜糖，就偷偷地笑了幾下，我剝了兩顆糖，一顆放到牠的嘴裡，還有一顆放到自己嘴裡，我問牠：

「甜不甜？」

我聽到牠咔咔地咬著糖，聲音特別響，我也咔咔地咬著糖，聲音比牠還要響，我們一起咔咔地咬著糖，咬了幾下我哈哈地笑出聲來了，我一笑，牠馬上就汪汪叫上了。

我和狗一起過日子，過了差不多有兩年，牠每天都和我一起出門，我挑上重擔時，牠就汪汪叫著在前面跑，等我擔子空了，牠就跟在後面走得慢吞吞的。鎮上的人看到我們都喜歡嘻嘻地笑，他們向我們伸著手指指點點，他們問我：

「喂，你們是不是夫妻？」

我嘴裡嗯了一下，低著頭往前走。

他們說：「喂，你是不是一條雄狗？」

我也嗯了一下，他們叫我：

「喂，傻子！喂，傻狗！喂，狗男人！喂，狗日的，不，是日狗的！喂，什麼時候做狗爹……」

我都嗯了一下，陳先生說：

「你好端端的一個人，和狗做什麼夫妻？」

我搖著頭說：「人和狗不能做夫妻。」

陳先生說：「知道就好，以後別人再這麼叫你，你就別嗯嗯地答應了……」

我點點頭，嗯了一下，陳先生說：

「你別對著我嗯嗯的，記住我的話就行了。」

我又點點頭嗯了一下，陳先生揮揮手說：

「行啦，行啦，你走吧。」

我就挑著擔子走了開去，狗在前面巴噠巴噠地跑著。這狗像是每天都在長肉。我覺得還沒過多少日子，牠就又壯又大了，這狗一大，心也野起來了，有時候一整天都見不著牠，不知道牠跑哪兒去了。要到天黑後牠才會回來，在門上一蹭一蹭的，我開了門，牠溜進來後就在屋角的稻草上趴了下來，狗腦袋擱在地上，眼睛斜著看我，我這時就要對牠說：

「前天我走到米店旁，回頭一看你沒有了，昨天我走到木器社，回頭一看你沒有了，今天我走到藥店前，回頭一看你沒有了……」

我還沒有說完話，狗眼睛已經閉上了，我想了想，也把自己的眼睛閉上了。

我的狗大了，也肥肥壯壯了，翹鼻子許阿三他們見了我就說：

「喂，傻子，什麼時候把這狗宰了？」

他們吞著口水說：「到下雪的時候，把牠宰了，放上水，放上醬油，放上桂皮，放上五香……慢慢地燉上一天，真他媽的香啊……」

我知道他們想吃我的狗了，就趕緊挑著擔子走開去，那狗也跟著我跑去，我記住了他們的話，他們說下雪的時候要來吃我的狗，我就去問陳先生：

「什麼時候會下雪？」

陳先生說：「早著呢，你現在還穿著汗衫，等你穿上棉襖的時候才會下雪。」

陳先生這麼說，我就把心放下了，誰知道我還沒穿上棉襖，還沒下雪，翹鼻子許阿三他們就要吃我的狗了。他們拿著一根骨頭，把我的狗騙到許阿三家裡，關上門窗，拿起棍子打我的狗，要把我的狗打死，打死後還要在火裡燉上一天。我的狗也知道他們要打死牠，要吃牠，牠鑽到許阿三床下後就不出來了，許阿三他們用棍子捅牠，牠汪汪亂叫，我在外面走過時就聽到了。

這天上午我走到橋上，回頭一看牠沒有了。到了下午走過許阿三家門口，聽到牠汪汪叫，我站住腳，我站了一會，許阿三他們走了出來，許阿三他們看到我說：

「喂，傻子，正要找你……喂，傻子，快去把你的狗叫出來。」

他們把一個繩套塞到我手裡，他們說：

「把它套到狗脖子裡，勒死牠。」

我搖搖頭，我把繩套推開，我說：

「還沒有下雪。」

他們說：「這傻子在說什麼？」

他們說：「他說還沒有下雪。」

他們說：「沒有下雪是什麼意思？」

他們說：「不知道，知道的話，我也是傻子了。」

我聽到狗還在裡面汪汪地叫，還有人用棍子在捅牠，許阿三拍拍我的肩膀說：

「喂，朋友，快去把狗叫出來……」

他們一把將我拉了過去，他們說：

「叫他什麼朋友……少和他說廢話……拿著繩套……去把狗勒死……不去？不去把你勒死……」

許阿三擋住他們，許阿三對他們說：

「他是傻子，你再嚇唬他，他也不明白，要騙他……」

他們說：「騙他，他也一樣不明白。」

我看到陳先生走過來了，陳先生的兩隻手插在袖管裡，一步一步地走過來了。

他們說：「乾脆把床拆了，看那狗還躲哪兒去？」

許阿三說：「不能拆床，這狗已經急了，再一急牠就要咬人啦。」

他們對我說：「你這條雄狗，公狗，癩皮狗……我們在叫你，你還不快答應！」

我低著頭嗯了兩聲，陳先生在一邊說話了，他說：

「你們要他幫忙，得叫他真的名字，這麼亂叫亂罵的，他肯定不會幫忙，說他是傻子，他有時候還真不傻。」

許阿三說：「對，叫他真名。誰知道他的真名？他叫什麼？這傻子叫什麼？」

他們問：「陳先生知道嗎？」

陳先生說：「我自然知道。」

許阿三他們圍住了陳先生，他們問：

「陳先生，這傻子叫什麼？」

陳先生說：「他叫來發。」

我聽到陳先生說我叫來發，我心裡突然一跳。許阿三走到我面前，摟著我的肩膀，叫我：

「來發……」

我心裡咚咚跳了起來，許阿三摟著我往他家裡走，他邊走邊說：

「來發，你我是老朋友了……來發，去把狗叫出來……來發，你只要走到床邊上……來發，你只要輕輕叫一聲……來發，你只要『喂』地叫上一聲……來發，就看你了。」

我走到許阿三的屋子裡，蹲下來，看到我的狗趴在床底下，身上有很多血，我就輕輕地叫了牠一聲：

「喂。」

牠一聽到我的聲音，呼一下竄了出來，撲到我身上來，用頭用身體來撞我，牠身上的血都擦到我臉上了，牠嗚嗚地叫著，我還從來沒有聽到牠這樣嗚嗚地叫過，叫得我心裡很難受。我伸手去抱住牠，我剛抱住牠，他們就把繩套套到牠脖子裡了，他們一使勁，把牠從我懷裡拉了出去，我還沒覺察到，我抱著狗的手就空了。我聽到牠汪地叫了半聲，牠只叫了半聲，我看到牠四隻腳蹬了幾下，就蹬了幾下，牠就不動了。他們把牠從地上拖了出去，我對他們說：

「還沒有下雪呢。」

他們回頭看看我，哈哈哈哈笑著走出屋去了。

這天晚上，我一個人坐在狗睡覺的稻草上，一個人想來想去，我知道我的狗已經死了，已經被他們放上了水，放上了醬油，放上了桂皮，放上了五香，他們要把牠在火裡燉上一天，燉上一天以後，他們就會把牠吃掉。

我一個人想了很久，我知道是我自己把狗害死的，是我自己把牠從許阿三的床底下叫出來的，牠被他們勒死了。他們叫了我幾聲來發，叫得我心裡咚咚跳，我就把狗從床底下叫出來了。想到這裡，我搖起了頭，我搖了很長時間的頭，搖完了頭，我對自己說：

「以後誰叫我來發，我都不會答應了。」

黃昏裡的男孩

此刻，有一個名叫孫福的人正坐在秋天的中午裡，守著一個堆滿水果的攤位。明亮的陽光照耀著他，使他年過五十的眼睛眯了起來。他的雙手擱在膝蓋上，於是身體就垂在手臂上了。他花白的頭髮在陽光下顯得灰濛濛，就像前面的道路。這是一條寬闊的道路，從遠方伸過來，經過了他的身旁以後，又伸向了遠方。他在這裡已經坐了三年了，在這個長途汽車經常停靠的地方，以販賣水果為生。一輛汽車從他身旁駛了過去，捲起的塵土像是來到的黑夜一樣籠罩了他，接著他和他的水果又像是黎明似的重新出現了。

他看到一個男孩站在了前面，在那一片塵土過去之後，他看到了這個男孩，黑亮的眼睛正注視著他。他看著對面的男孩，這個穿著很髒的衣服的男孩，把一隻手放在他的水果上。他去看男孩的手，指甲又黑又長，指甲碰到了一只紅彤彤的蘋果，他的手就舉起來揮了揮，像是驅趕蒼蠅一樣，他說：

「走開。」

男孩縮回了自己黑乎乎的手，身體搖晃了一下後，走開了。男孩慢慢地向前走去，他的兩條手臂閒蕩著，他的頭顱在瘦小的身體上面顯得很大。

這時候有幾個人向水果攤走過來，孫福收回了自己的目光，不再去看那個走去的男孩。那幾個人走到孫福的對面，隔著水果問他：

「蘋果怎麼賣……香蕉多少錢一斤……」

孫福站了起來，拿起秤桿，為他們稱蘋果和香蕉，又從他們手中接過錢。然後他重新坐下來，重新將雙手擱在膝蓋上，接著他又看到了剛才的男孩。男孩回來了。這一次男孩沒有站在孫福的對面，而是站在一旁，他黑亮的眼睛注視著孫福的蘋果和香蕉。孫福也看著他，男孩看了一會水果後，抬起頭來看孫福了，他對孫福說：

「我餓了。」

孫福看著他沒有說話，男孩繼續說：

「我餓了。」

孫福聽到了清脆的聲音，他看著這個很髒的男孩，皺著眉說：

「走開。」

男孩的身體似乎抖動了一下，孫福響亮地又說：

「走開。」

男孩嚇了一跳，他的身體遲疑不決地搖晃了幾下，然後兩條腿挪動了。孫福不再去看他，他的眼睛去注視前面的道路，他聽到一輛長途客車停在了道路的另一邊，車裡的人站了起來。通過車窗玻璃，他看到很多肩膀擠到了一起，向著車門移動，過了一會，車上的人從客車的兩端流了出來。這時，孫福轉過臉來，他看到剛才那個男孩正在飛快地跑去。他看著男孩，心想他為什麼跑？他看到了男孩甩動的手，男孩甩動的右手裡正抓著什麼，正抓著一個很圓的東西，他看清楚了，男孩手裡抓著的是一只蘋果。於是孫福站了起來，向著男孩跑去的方向追趕。孫福喊叫了起來：

「抓小偷！抓住前面的小偷……」

這時候已經是下午，男孩在塵土飛揚的道路上逃跑，他聽到了後面的喊叫，他回頭望去，看到追來的孫福。他拚命向前跑，他氣喘吁吁，兩腿發軟，他覺得自己快要跑不動了，他再次回頭望去，看到揮舞著手喊叫的孫福，他知道孫福就要追上他了，於是他站住了腳，轉過身來仰起臉呼哧呼哧地喘氣了。他喘著氣看著追來的孫福，當孫福追到他面前時，他將蘋果舉到了嘴裡，使勁地咬了一口。

追上來的孫福揮手打去，打掉了男孩手裡的蘋果，還打在了男孩的臉上，男孩一個趔趄摔倒在地。倒在地上的男孩雙手抱住自己的頭，嘴裡使勁地咀嚼起來。孫福聽到了他咀嚼的聲音，就抓住他的衣領把他提了起來。衣領被捏緊後，男孩沒法咀嚼了，他瞪圓了眼睛，兩腮被嘴裡的蘋果鼓了出來。孫福一隻手抓住他的衣領，另一隻手去卡他的脖子。孫福向他喊叫：

「吐出來！吐出來！」

很多人圍了上來，孫福對他們說：

「他還想吃下去！他偷了我的蘋果，咬了我的蘋果，他還想吃下去！」

然後孫福揮手給了男孩一巴掌，向他喊道：

「你給我吐出來！」

男孩緊閉鼓起的嘴，孫福又去卡他的脖子：

「吐出來！」

男孩的嘴張了開來，孫福看到了他嘴裡已經咬碎的蘋果，就讓卡住他脖子的手使了使勁。孫福看到他的眼睛瞪圓了。有一個人對孫福說：

「孫福，你看他的眼珠子都快瞪出來了，你會把他卡死的。」

「活該。」孫福說，「卡死了也活該。」

然後孫福鬆開卡住男孩的手，指著蒼天說道：

「我這輩子最恨的就是小偷……吐出來！」

男孩開始將嘴裡的蘋果吐出來了，一點一點地吐了出來，就像是擠牙膏似的，男孩將咬碎的蘋果吐在了自己胸前的衣服上。男孩的嘴閉上後，孫福又用手將他的嘴掰開，蹲下身體往裡面看了看後說：

「還有，還沒有吐乾淨。」

於是男孩繼續往外吐，吐出來的全是唾沫，唾沫裡夾雜著一些蘋果屑。男孩不停地吐著，吐到最後只有乾巴巴的聲音，連唾沫都沒有了。這時候孫福才說：

「別吐啦。」

然後孫福看看四周的人，他看到了很多熟悉的臉，他就對他們說：

「從前我們都是不鎖門的，這鎮上沒有一戶人家鎖門，是不是？」

他看到有人在點頭，他繼續說：

「現在鎖上門以後，還要再加一道鎖，為什麼？就是因為這些小偷，我這輩子最恨的就是小偷。」

孫福去看那個男孩，男孩正仰著臉看他，他看到男孩的臉上都是泥土，男孩的眼睛出神地望著他，似乎是被他剛才的話吸引了。男孩的表情讓孫福興奮起來了，他說：

「要是從前的規矩，就該打斷他的一隻手，哪隻手偷的，就打斷那隻手……」

孫福低頭對男孩叫了起來：「是哪隻手？」

男孩渾身一抖，很快地將右手放到了背後。孫福一把抓起男孩的右手，給四周的人看，他對他們說：

「就是這隻手，要不他為什麼躲得這麼快……」

男孩這時候叫道：「不是這隻手。」
「那就是這隻手。」孫福抓起了男孩的左手。
「不是！」
男孩叫著，想抽回自己的左手，孫福揮手給了他一巴掌，男孩的身體搖晃了幾下，孫福又給了他一巴掌，男孩不再動了。孫福揪住他的頭髮，讓他的臉抬起來，衝著他的臉大聲喊道：
「是哪隻手？」
男孩睜大眼睛看著孫福，看了一會後，他將右手伸了出來。孫福抓住他右手的手腕，另一隻手將他的中指捏住，然後對四周的人說：
「要是從前的規矩，就該把他這隻手打斷，現在不能這樣了，現在主要是教育，怎麼教育呢？」
孫福看了看男孩說：「就是這樣教育。」
接著孫福兩隻手一使勁，「咔」地一聲扭斷了男孩右手的中指。男孩發出了尖叫，聲音就像是匕首一樣鋒利。然後男孩看到了自己的右手的中指斷了，耷拉到了手背上。男孩一下子就倒在了地上。

孫福對四周的人說：「對小偷就要這樣，不打斷他一條胳膊，也要擰斷他的一根手指。」

說著，孫福伸手把男孩提了起來，他看到男孩因為疼痛而緊閉著眼睛，就向他喊叫：

「睜開來，把眼睛睜開來。」

男孩睜開了眼睛，可是疼痛還在繼續，他的嘴就歪了過去。孫福踢了踢他的腿，對他說：

「走！」

孫福揑住男孩的衣領，推著男孩走到了自己的水果攤前。他從紙箱裡找出了一根繩子，將男孩綁了起來，綁在他的水果攤前。他看到有幾個人跟了過來，就對男孩說：

「你喊叫，你就叫『我是小偷』。」

男孩看看孫福，沒有喊叫，孫福一把抓起了他的左手，揑住他左手的中指，男孩立刻喊叫了：

「我是小偷。」

孫福說：「聲音輕啦，響一點。」

男孩看看孫福，然後將頭向前伸去，使足了勁喊叫了：

「我是小偷！」

孫福看到男孩的血管在脖子上挺了出來，他點點頭說：

「就這樣，你就這樣喊叫。」

這天下午，秋天的陽光照耀著這個男孩，他的雙手被反綁到了身後，繩子從他的脖子上勒過去，使他沒法低下頭去，他只能仰著頭看著前面的路，他的身旁是他渴望中的水果，可是他現在就是低頭望一眼都不可能了，因為他的脖子被勒住了。只要有人過來，就是順路走過，孫福都要他喊叫：

「我是小偷。」

孫福坐在水果攤位的後面，坐在一把有靠背的小椅子裡，心滿意足地看著這個男孩。他不再為自己失去一只蘋果而惱怒了，他開始滿意自己了，因為他抓住了這個偷他蘋果的男孩，也懲罰了這個男孩，而且懲罰還在進行中。他讓他喊叫，只要有人走過來，他就讓他高聲喊叫，正是有了這個男孩的喊叫，他發現水果攤前變得行人不絕了。

很多人都好奇地看著這個喊叫中的男孩，這個被捆綁起來的男孩在喊叫「我是小偷」時如此賣力，他們感到好奇。於是孫福就告訴他們，一遍又一遍地告訴他們，他偷了他的蘋果，他又如何抓住了他，如何懲罰了他，最後孫福對他們說：

「我也是為他好。」

孫福這樣解釋自己的話：「我這是要讓他知道，以後再不能偷東西。」

說到這裡，孫福響亮地問男孩：

「你以後還偷不偷？」

男孩使勁地搖起了頭，由於他的脖子被勒住了，他搖頭的幅度很小，速度卻很快。

「你們都看到了吧？」孫福得意地對他們說。

這一天的下午，男孩不停地喊叫著，他的嘴唇在陽光裡乾裂了，他的嗓音也沙啞了。到了黃昏的時候，男孩已經喊叫不出聲音了，只有嘶嘶的磨擦似的聲音，可是他仍然在喊叫著：

「我是小偷。」

走過的人已經聽不清他在喊些什麼了，孫福就告訴他們：

「他是在喊『我是小偷』。」

然後，孫福給他解開了繩子。這時候天就要黑了，孫福將所有的水果搬上板車，收拾完以後，給他解開了繩子。孫福將繩子收起來放到了板車上時，聽到後面「撲通」一聲，他轉過身去，看到男孩倒在了地上，他就對男孩說：

「我看你以後還敢不敢偷東西？」

說著，孫福騎上了板車，沿著寬闊的道路向前騎去了。男孩躺在地上。他飢渴交加，筋疲力竭，當孫福給他解開繩子後，他立刻倒在了地上。孫福走後，男孩繼續躺在地上，他的眼睛微微張開著，彷彿在看著前面的道路，又彷彿是什麼都沒有看。男孩一動不動地躺了一會以後，慢慢地爬了起來，又靠著一棵樹站了一會，然後他走上了那條道路，向西而去。

男孩向西而去，他瘦小的身體走在黃昏裡，一步一步地微微搖晃著走出了這個小鎮。有幾個人看到了他的走去，他們知道這個男孩就是在下午被孫福抓住的小偷，但是他們不知道他的名字，也不知道他來自何處，當然更不會知道他會走向何處。他們都注意到了男孩的右手，那中間的手指已經翻了過來，和手背靠在了一起，他們看著他走進了遠處的黃昏，然後消失在黃昏裡。

這天晚上，孫福像往常一樣，去隔壁的小店打了一斤黃酒，又給自己弄了兩樣小菜，然後在八仙桌前坐下來。這時，黃昏的光芒從窗外照了進來，使屋內似乎暖和起來了。孫福就坐在窗前的黃昏裡，慢慢地喝著黃酒。

在很多年以前，在這一間屋子裡，曾經有一個漂亮的女人，還有一個五歲的男孩，那時候這間屋子裡的聲音此起彼伏，他和他的妻子，還有他們的兒子，在這間屋子裡沒完沒了地說著話。他經常坐在屋內的椅子裡，看著自己的妻子在門外為煤球爐生火，他們的兒子則是寸步不離地抓著母親的衣服，在外面尖聲細氣地說著什麼。

後來，在一個夏天的中午，幾個男孩跑到了這裡，喊叫著孫福的名字，告訴他，他的兒子沉入到了不遠處池塘的水中了。他就在那個夏天的中午裡狂奔起來，他的妻子在後面淒厲地哭喊著。然後，他們知道自己已經永遠失去兒子了。到了晚上，在炎熱的黑暗裡，他們相對而坐，嗚咽著低泣。

再後來，他們開始平靜下來，像以往一樣生活，於是幾年時間很快就過去了。到了這一年的冬天，一個剃頭匠挑著鋪子來到了他們的門外，他的妻子就走了出去，坐在了剃頭匠帶來的椅子裡，在陽光裡閉上了眼睛，讓剃頭匠為她洗髮、剪髮，又讓剃頭匠為她掏去耳屎，還讓剃頭匠給她按摩了肩膀和手臂。她感到自己的身體從來沒有像那天那樣舒展，如同正在消失之中。因此她收拾起了自己的衣服，在天黑以後，離開了孫福，追隨剃頭匠而去了。

就這樣，孫福獨自一人，過去的生活凝聚成了一張已經泛黃了的黑白照片，貼在牆上，他、妻子、兒子在一起。兒子在中間，戴著一頂比腦袋大了很多的棉帽子。妻子在左邊，兩條辮子垂在兩側的肩上，她微笑著，似乎心滿意足。他在右邊，一張年輕的臉，看上去生機勃勃。

為什麼沒有音樂

我的朋友馬兒在午餐或者晚餐來到的時候，基本上是這樣的：微張著嘴來到桌前，他的張嘴與笑容沒有關係，彎腰在椅子裡坐下，然後低下頭去，將頭低到與桌面平行的位置，他開始吃了，咀嚼的聲音很小，可是將食物往嘴裡送的速度很快，一直到吃完，他才會抬起頭來，否則他不會破壞頭顱與桌面的平行，就是和他說話，他也是低著頭回答。

所以，當馬兒吃飯的時候，我們都稱他是進餐，進餐是一個很正規的詞語，要穿著合適的衣服，坐到合適的桌前，然後還要用合適的方式將該吃的吃下去，總之這是很有講究的。而吃飯，吃飯這個詞語實在是太馬虎了，可以坐在桌前吃，也可以坐在門口吃，還可以端著碗跑到鄰居家去吃，我們小的時候經常這樣。有時候我們還端著碗走進廁所，一邊拉屎一邊吃飯。

馬兒從來都不是吃飯，他一直都是進餐。自從我認識他，那時候我們都才只有十歲，他就開始進餐了，他吃的時候就像寫作文一樣認真了。他低著頭，那時候他的頭顱就已經和桌面平行了，他兢兢業業地吃著，入迷地吃著，吃完以後，他手中的碗像是洗過似的乾淨，面前的桌子像是已經擦過了，盤中的魚骨魚刺仍然像一條魚似的躺在那裡。

這就是馬兒。我們總是匆匆忙忙地走在路上，彷彿總是要去趕火車，可是對馬兒來說，走在路上的時候，從來就不是趕路，他從來就是散步，雙手插在褲袋裡，凝視前方，從容不迫地走著。這就是他，做什麼事都不慌不忙，同時也是一絲不苟，就是說話也字字清晰，語速均勻，而且十分講究修辭。

馬兒潔身自好，到了二十六歲的時候，他認識了我們都已經認識了的呂媛。我們坐在一起吃飯，是我們把呂媛請來的，呂媛還帶來了另外兩個年輕女子，我們這邊有五個男人，我們都在心裡打著她們的主意，而她們，也就是那三個年輕女子，也都在心裡挑選著我們。就這樣，我們吃著飯，高談闊論，嘻嘻哈哈，一個個都使足了勁來表現自己，男的詞語滔滔，女的搔首弄姿。

只有馬兒一聲不吭，因為他正在認真地進餐，他的頭正與桌面平行著，他臉上掛著淡淡的笑容，聽著我們又說又笑。那天晚上他只說了幾句話，就是進的餐也很少，只是吃了六個蝦，喝了一杯啤酒。

我們很快就忘了他。剛開始我們偶然還看他一眼，看到他慢吞吞地喝上一口啤酒，過了一會兒看到他用筷子夾起一隻蝦放進嘴裡，再過一會兒我們看到他鼓起兩腮蠕動著嘴，然後我們就不再看他了。就在我們完全把他忘記以後，呂媛突然發出了一聲驚叫，我們看到呂媛睜圓了眼睛，還看到她伸出手指，指著馬兒桌前，於是我們看到馬兒桌前並排放著五隻大小不一的蝦，我們看到透明的蝦殼在燈光下閃閃發亮，蝦殼裡面的肉已經被馬兒吃乾淨了。這時候另外兩個女的也失聲驚叫起來。

接下去我們看到馬兒夾起了那天晚上最後的一隻蝦。他的手臂伸過去的時候，差不多和他低著的頭一樣高了，他手中的筷子夾住了蝦以後，胳膊肘一彎，那動作像是蝦鉗一樣迅速，然後他把蝦放進了自己的嘴中。

這一次他抬起了頭，平靜地看著驚訝的我們。他的嘴唇閉上後，兩腮就鼓了出來，接著他的嘴巴就像是十二指腸似的蠕動了起來，脖子上的喉結明快地一上一下。大約五分鐘以後，我們看到他鼓起的兩腮突然被吸進去了。於此同時，喉結被提上去後就停留在了那裡。顯然他正在吞嚥，他看上去神色凝重，並且小心翼翼。

隨後，我們看到他的喉結滑了下來，接著嘴巴也張開了，於是讓我們目瞪口呆的時候來了，我們清清楚楚地看著他從嘴裡拿出了一隻完整無損的蝦，重要的是裡面的蝦肉已經被他吞嚥下去了。他將完整的卻沒有肉的蝦放到了桌上，和另外五隻同樣的蝦整齊地放在了一起。那三個年輕女子又是一連串的驚叫。

後來，也就是半年以後，呂媛成為馬兒的妻子。當時在坐的另外兩位女子也結婚了，她們嫁給了我們誰都不認識的兩個男人。

呂媛與馬兒結婚以後，就將馬兒和我們分開了。當我們再度坐到一起吃飯的時候，已經沒有了進餐的馬兒。說實話，我們有些不習慣，我們開始意識到桌子另一端的那兩條平行線是多麼有趣，馬兒的頭和桌子的面，它們之間始終不變的距離就像碼頭和海岸一樣。有時候，當馬兒坐在窗前，陽光又從窗外照射進來的時候，我們看到馬兒的頭在桌面上有了它的兄弟，黑乎乎的影子從扁圓開始，隨著陽光的移動，慢慢地變成了細細的一條，這樣又長又細的頭顱我們誰都沒有見過，就是在漫畫裡我們也找不到。還有一次，我們坐在一間昏暗的屋子裡，一盞昏暗的燈又掛得很低，那一次我站起來時頭撞在了燈上，我的頭頂是又疼又燙，而那盞燈開始了劇烈的搖晃，於是馬兒頭的影子也在桌面上搖晃起來，既迅速又誇張，而且足足搖晃了兩分鐘，這桌上的影子將馬兒一輩子的搖頭都完成了。

馬兒結婚以後，只有郭濱一個人與馬兒保持著斷斷續續的聯繫。他經常在傍晚的時候，穿上灰色的風衣，雙手插在口袋裡，走在城裡最長的街道上，從這一端走到了另一端，然後來到馬兒的門前，彎起長長的手指，敲響了馬兒的屋門。

郭濱告訴他的朋友們，馬兒的新居所散發出來的全是呂媛的氣息，從臥室到客廳，牆上掛滿了呂媛的特寫。這些照片的歷史是從滿月開始，一直到現在，總共有二十三張。其中只有三張照片裡有馬兒的微笑，而且旁邊還有呂媛更為迷人的笑容，郭濱說：

「如果不仔細看，你們是不會注意馬兒的。」

郭濱繼續告訴他的朋友們，馬兒屋中的家具是在白色的基礎上閃著粉紅的亮光，地毯是米黃的顏色，牆壁也是米黃，就是馬兒的衣服，他結婚以後購買的衣服也都有著米黃的基調，郭濱認為這都是呂媛的愛好和主意，郭濱問他的朋友：

「你們以前看到過馬兒穿米黃衣服嗎？」

「沒有。」他自己先回答，接著又說：「馬兒穿上那些米黃色的衣服以後，看上去胖了，也比過去白了一些。」

郭濱說馬兒的家就像是一個單身女子的宿舍，裡面擺滿了各類小玩藝，從書架到櫃子，全是小動物，有絨布做的，也有玻璃做的，還有竹編的。就是在床上，也還放著一只胖大的絨布黑熊。而屬於馬兒的，哪怕是他的一枝筆也無法在桌子上找到，只有當他的衣服掛在陽台上還沒有晾乾的時候，才能在他的家中看到屬於他的一絲痕跡。說到馬兒床上那只絨布黑熊時，郭濱不由得笑了笑，問他的朋友，同時也問自己：「難道呂媛出嫁以後仍然是抱著黑熊睡覺？」

隨著時間的流逝，郭濱對馬兒家中的了解也逐步地深入，他吹噓說就是閉上眼睛在馬兒家中走上半個小時，也不會碰到一把椅子。而且，他說他知道馬兒家中物件的分布，什麼櫃子放什麼東西，什麼東西在什麼地方，只要他的朋友們有興趣，他就可以讓他們知道。

他說：「他們床頭的那個櫃子，裡面有一個抽屜，抽屜裡放著他們兩個人的全部證件，和他們全部的銀行存摺，抽屜是上了鎖的。抽屜的下面疊著呂媛的短褲和乳罩，還有襪子和圍巾。」

至於馬兒的短褲、襪子和圍巾，則沒有單獨的地方，它們和馬兒的全部衣服，冬天的、夏天的和春秋的衣服堆在一個衣櫃裡，而且是在一格裡面。有一次，郭濱看到馬兒為了尋找一件汗衫所付出的艱辛勞動，他就像是在一堆破爛裡挑選著破爛一樣，先是將頭插進櫃子，然後他的肩膀也跟著進去了，半個小時以後，他出來了，手裡只是拿著一條短褲，他將短褲扔在地毯上，接著將自己所有的衣服都抱出來放在地毯上，地毯上像是堆起了一座小山，他跪在那座小山前，又是半個小時，他終於找到了自己的汗衫。

郭濱表示，他已經非常了解馬兒和呂媛之間的微妙關係。他們之間的關係不是你們所能想像的。他這樣對他的朋友們說，為了使自己的話更為真實可信，他開始舉例說明。

郭濱舉例的時候，正坐在椅子裡，他站起來走到門前，然後轉過身來，看著他的三個朋友，他說了。

他說就是在前天，當他走到馬兒家的門前，舉起手準備敲門的時候，聽到裡面有哭泣的聲音，哭聲很低，很細，每一聲都拉得很長，讓他感到裡面有著催人淚下的悲傷。於是他舉起的手又放下了。他在馬兒的門外站了很久，一直到哭聲低下去，低到聽不到。這期間，他在心裡反覆想著呂媛為什麼要哭？是什麼事使她如此悲傷？是不是馬兒傷害了她？可是他沒有聽到馬兒對她的斥罵，就是說話的聲音也沒有。

後來，也就是哭聲消失了一段時間後，郭濱心想呂媛應該擦乾眼淚了，他就再次舉起手敲響了他們的屋門。來開門的是馬兒，讓郭濱吃驚的是，馬兒的眼中淚光閃閃，而呂媛則手握遙控器，很舒服地靠在沙發裡看著電視。他才知道剛才哭泣的不是呂媛，而是馬兒。

你們明白了嗎？郭濱微笑著問他的朋友，然後他走回到自己的椅子前，很舒服地坐了下去。

這一天，也就是一九九六年六月三十日的下午，馬兒來到了郭濱家中。他的妻子呂媛在前一天去了上海，將在一星期以後才能回來，於是獨自一人的馬兒就想到了郭濱，因為郭濱有著豐富的錄像帶的收藏，馬兒準備借幾盒錄像帶回家，從而裝飾一下獨自一人時的生活。

馬兒來到的時候，郭濱正在午睡，他穿著三角短褲走到門前，給馬兒開了門。他看到馬兒的第一個動作就是將嘴巴緩慢地張開來，打出一個緩慢的呵欠，然後眼淚汪汪地問馬兒：

「呂媛走了？」

馬兒有些奇怪，心想他怎麼會知道呂媛出差了，就問他：

「你怎麼知道呂媛走了？」

郭濱伸手擦著眼淚回答：「你告訴我的。」

「我什麼時候告訴你的？」馬兒想不起來了。

「那就是呂媛告訴我的。」郭濱說。

郭濱說著走進了衛生間，他沒有關上門就撒尿了。馬兒在沙發裡坐了下來，看著衛生間裡的郭濱「啊啊啊」地打著呵欠，隨後一隻手又擦起了眼淚，另一隻手拉了一下抽水馬桶的繩子，在「嘩嘩」響起的流水聲裡，郭濱走出了衛生間，他走到馬兒的沙發前，猶豫了一下後，又轉身躺在床上，然後側身看著馬兒。

馬兒看到陽台旁的牆角架著一台手掌攝像機，他問郭濱：

「這是誰的攝像機？」

郭濱說：「我的，一個月前買的。」

馬兒點點頭，過了會他說：

「我想借幾盒錄像帶。」

郭濱問他：「你是要暴力的？還是要言情的？」

馬兒想了想後說：「都要。」

「你自己去拿吧。」郭濱說。

接著郭濱又告訴馬兒：暴力片在書櫃的第三格和第四格，而言情片在第五格裡面，還有第六格的右側。郭濱在和馬兒說話的過程裡，始終用手挖著自己的眼屎，同時還打著呵欠。

馬兒走到書櫃前，將眼睛湊上去，仔細看了一會，在第三格和第五格裡都取出一盒錄像帶。他將兩盒錄像帶拿在手裡，轉過身去時，看到郭濱的眼睛已經閉上了，他遲疑了一下後，輕聲說道：

「我拿了兩盒。」

郭濱的眼睛睜了開來，他撐起了身體，然後歪著頭坐在床上。馬兒對他說：

「你睡吧，我走了。」

這時候郭濱的臉上出現了笑容，他的笑容愈來愈古怪，然後他問馬兒：

「你想不想看色情片？」

馬兒的臉上也出現了笑容，郭濱一下子就跳下了床，跪在地上從床下拖出了一只箱子，打開箱子後，馬兒看到了半箱的錄像帶。郭濱得意地告訴他：

「全是色情片。」

接著郭濱問馬兒：

「你要港台的？還是外國的？」

「我不知道。」馬兒回答。

郭濱站了起來，看到馬兒不知所措，就拍拍他的肩膀說：

「你自己拿一盒吧，隨便拿一盒。」

馬兒隨便地拿了一盒。這天晚上，馬兒一個人躺在床上，先是看了一部讓他眼淚汪汪的言情片，接著看了那部讓他毛骨悚然的暴力片。最後，他決定看色情片了。

他將錄像帶插進了已經發燙的錄像機，趁著倒帶的間隙，他上了衛生間。當他從衛生間出來時，錄像帶已經倒完，開始自動放映了，他看到電視上一片雪花，雪花閃了幾分鐘後，畫面出現了，一個女人赤身裸體地躺在床上，她的臉埋在鬆軟的枕頭裡，兩條腿曲起後架在一起。一個男人的一條胳膊在畫面的左側甩動了起來，接著出現了和胳膊連起來的肩膀，然後是整個背部，馬兒看到了一個男人向著床走去，走到了床邊，那個男人向前伸出了手，兩條腿一前一後地向上一彎，他使用自己的膝蓋爬到了床上，隨後他將那個女人架在一起的腿分開，他的身體疊了上去。

馬兒聽到了一聲輕微的「嗯」，接著看到男人的身體在女人的身體上移動起來。馬兒注意到了男人抖動的屁股，像是被凍壞了似的在抖動。馬兒聽到了男人的喘息聲，這時候女人的「嗯嗯」聲接二連三地來到了。接下去畫面沒有變化，床上疊在一起的兩個身體在抖動裡出現了一些輕微的搖晃。就這樣，單調的畫面持續了一會兒，馬兒聽到了他們的叫聲。隨後，重疊的兩具身體都靜止了，彷彿一下子死了似的。過了一會，男人的身體出現了一個翻身，他下來了，於是馬兒聽到了那個女人撒嬌地「嗯」了很長的一聲。翻身下來的男人跪在床上，背對著鏡頭，低頭在做著什麼。

馬兒意識到他們的工作已經結束，可是……馬兒在心裡想：「為什麼沒有音樂？」

他覺得很奇怪，心想：「難道色情片都沒有音樂？」

這時那個男人又躺了下去，和那個女人並肩躺著，兩個人翹起腳，共同將一條毯子扯過去，把兩具光著的身體蓋住了。

馬兒聽到男人問：

「怎麼樣？」

女人說：「好極了。」

沉默了一會，男人突然提到了馬兒的名字，讓馬兒吃了一驚，馬兒聽到他說：

「我比馬兒強吧？」

女人說：「強多了。」

馬兒正在疑惑自己是不是聽錯了，那個男人又一次說出了他的名字。那個男人說：

「馬兒是怎麼幹的？」

「討厭。」女人打了男人一下說：「我不是告訴過你嗎？」

男人說：「我還想聽一遍。」

女人這時笑了起來，笑了一會後她說：「他一動不動。」

「怎麼一動不動？」男人問。

「真討厭。」女人笑著說。

男人繼續問：「怎麼一動不動？」

「他進來後就一動不動了……你真是討厭。」女人又揮手打了男人一下。

「他的身體在什麼地方？」男人問。

「他的身體壓著我，他一動不動地壓著我，壓得我氣都喘不過來……行了吧？」女人說。

「他這麼一動不動地把你壓多長時間？」男人問。

「有時候長，有時候短，有幾次他壓著我睡著了……」女人說。

「他睡著了你怎麼辦？」男人問。

女人說：「我使勁翻一個身把他推下去……行了吧？」

兩個人都哈哈大笑起來，笑了一陣後，那個男人突然坐了起來，臉對著鏡頭下了床，男人說：

「我們看看自己的錄像。」

馬兒在走過來的男人那裡，認出了郭濱的臉。在郭濱的後面，那個女人坐起來後，馬兒看到了呂媛的笑容。

一個星期以後，呂媛回到了家中，她推門而進的時候，看到陽台前的桌旁坐著馬兒，馬兒正在進餐。呂媛自然就看到了兩條平行線，她還看到一碗熱氣騰騰的麵條把馬兒的臉蒸得通紅，她將自己的手提包扔進了沙發，然後對馬兒說：

「去把皮箱提上來。」

馬兒抬頭看了她一眼，然後繼續進餐。呂媛走進了廚房，打開水龍頭往自己的臉上潑水。潑上水以後，她開始用手掌輕輕拍打自己的臉。拍打了一會，她從架子上拿下洗面乳，仔細地洗起了自己的臉。當她洗完臉走回到客廳時，馬兒仍然在一絲不苟地進著餐，她環顧四周後沒有看到自己的皮箱，就問馬兒：

「我的皮箱呢？」

馬兒繼續進餐，這一回頭都沒有抬一下。呂媛繼續說：

「我的皮箱呢？」

馬兒還是沒有回答，呂媛的聲音一下子響亮起來，她衝著馬兒喊叫道：

「你給我下樓去！」

馬兒抬起了頭，從桌上的餐巾盒裡抽出一張餐巾紙，很斯文地擦了擦嘴，然後問呂媛：

「你為什麼要說我一動不動？」

怒氣沖沖的呂媛沒有準備去聽這樣一句話，所以她沒有反應過來，她仍然強硬地說：

「去把皮箱提上來！」

馬兒繼續問她：

「你為什麼說我一動不動？」

呂媛開始意識到出了什麼事，她不再喊叫，而是眼睛發直地看著馬兒。她看到馬兒又抽出了一張餐巾紙，很斯文地擦起了額上的汗，馬兒說：

「其實我還是動了……」

馬兒停頓了一下後又說：「到了關鍵的時候，我還是動的。」

說完後，馬兒低下了頭，去進行他最後兩口麵條的進餐。呂媛悄無聲息地走進了臥室，她在臥室的床上坐了一段時間後，又悄無聲息地下了樓，自己將皮箱提了上來。

後來，什麼事都沒有發生。我的朋友馬兒沒有把那三盒錄像帶還給郭濱，郭濱也沒有向馬兒提起。在後來的日子裡，有時候郭濱依然穿上灰色的風衣，雙手插在口袋裡，走完城裡那條最長的街道，來到馬兒的屋門前，彎起長長的手指敲響馬兒的屋門。

女人的勝利

一

一個名叫林紅的女人，在整理一個名叫李漢林的男人的抽屜時，發現一個陳舊的信封疊得十分整齊，她就將信封打開，從裡面取出了另一個疊得同樣整齊的信封，她再次打開信封，又看到一個疊起來的信封，然後她看到了一把鑰匙。

這把鋁製的鑰匙毫無奇特之處，為什麼要用三個信封保護起來？林紅把鑰匙放在手上，她看到鑰匙微微有些發黑，顯然鑰匙已經使用了很多歲月。從鑰匙的體積上，她判斷出這把鑰匙不是為了打開門鎖的，它要打開的只是抽屜上的鎖或者是皮箱上的鎖。她站起來，走到寫字桌前，將鑰匙插進抽屜的鎖孔，她無法將抽屜打開；她又將鑰匙往皮箱的鎖孔裡插，她發現插不進去；接下去她尋找到家中所有的鎖，這把鑰匙都不能將那些鎖打開，也就是說這把鑰匙與他們這個家庭沒有關係，所以……她意識到這把鑰匙是一個不速之客。

這天下午，這位三十五歲的女人陷入了懷疑、不安、害怕和猜想之中，她拿著這把鑰匙坐在陽台上，陽光照在她身上，很長時間裡她都是一動不動，倒是陽光在她身上移動，她茫然不知所措。後來，電話響了，她才站起來，走過去拿起電話，是她丈夫打來的，此刻她的丈夫正在千里之外的一家旅館裡，她的丈夫在電話裡說：

「林紅，我是李漢林，我已經到了，已經住下了，我一切都很好，你還好嗎？」

你還好嗎？她不知道。她站在那裡，拿著電話，電話的另一端在叫她：

「喂，喂，你聽到了嗎？」

她這時才說話：「我聽到了。」

電話的另一端說：「那我掛了。」

電話掛斷了，傳過來長長的盲音，她也將電話放下，然後走回到陽台上，繼續看著那把鑰匙。剛才丈夫的電話是例行公事，只是為了告訴她，他還存在著。

他確實存在著，他換下的衣服還晾在陽台上，他的微笑鑲在牆上的鏡框裡，他掐滅的香菸還躺在菸缸裡，他的幾個朋友還打來電話，他的朋友不知道他此刻正遠在千里，他們在電話裡說：

「什麼？他出差了？」

她看著手中的鑰匙。現在，她丈夫的存在全部都在這把鑰匙上了，這把有些發黑的鑰匙向她暗示了什麼？一個她非常熟悉的人，向她保留了某一段隱祕，就像是用三個信封將鑰匙保護起來那樣，這一段隱祕被時間掩藏了，被她認為是幸福的時間所掩藏。現在，她意識到了這一段隱祕正在來到，同時預感到它可能會對自己產生傷害。她聽到了一個人的腳步正在走上樓來，一級一級地接近她，來到她的屋門前時停了一下，然後繼續走上去。

第二天上午，林紅來到了李漢林工作的單位，她告訴李漢林的同事，她要在李漢林鎖著的抽屜裡拿走一些東西，李漢林的那位同事認識她，一位妻子要來拿走丈夫抽屜裡的東西，顯然是理所當然的，他就指了指一張靠窗的桌子。

她將那把鑰匙插進了李漢林辦公桌的鎖孔，鎖被打開了。就這樣，她找到了丈夫的那一段隱祕，放在一個很大的信封裡，有兩張相片，是同一個女人，一張穿著泳裝站在海邊的沙灘上，另一張是黑白的頭像。這個女人看上去要比她年輕，但是並不比她漂亮。還有五封信件，信尾的署名都是青青，這個名字把她的眼睛都刺疼了，青青，這顯然是一個乳名，一個她完全陌生的女人把自己的乳名給了她的丈夫，她捏住信件的手發抖了。信件裡充滿了甜言蜜語，這個女人和李漢林經常見面，經常在電話裡偷情，就是這樣，他們的甜言蜜語仍然揮霍不盡，還要通過信件來蒸發。其中有一封信裡，這個女人告訴李漢林，以後聯繫的電話改成：4014548。

二

林紅拿起電話，撥出如下七位數字：4014548。電話鳴叫了一會，一個女人拿起了電話：

「喂……」

林紅說：「我要找青青。」

電話那邊說：「我就是，你是哪位？」

林紅聽到她的聲音有些沙啞，林紅拿住電話的手發抖了，她說：

「我是李漢林的妻子……」

那邊很長時間沒有說話，但是林紅聽到了她呼吸的聲音，她的呼吸長短不一，林紅說：

「你無恥，你卑鄙，你下流，你……」

接下去林紅不知道該說什麼了，她只是感到自己全身發抖，這時對方說話了，對方說：

「這話你應該去對李漢林說。」

「你無恥！」林紅在電話裡喊叫起來，「你破壞了我們的家庭，你真是無恥……」

「我沒有破壞你們的家庭，」那邊說，「你可以放心，我不會破壞你們的家庭，我和李漢林不會進一步往下走，我們只是到此為止，我並不想嫁給他，並不是所有的女人都像你一樣……」

然後，那邊將電話掛斷了。林紅渾身發抖地站在那裡，她的眼淚因為氣憤湧出了眼眶，電話的盲音在她耳邊嘟嘟地響著。過了很長時間，林紅才放下電話，但她依然站在那裡，站了一會後，她又拿起了電話，撥出這樣七位號碼：5867346。

電話那一端傳來一個男人的聲音：

「喂，喂，是誰？怎麼沒有聲音……」

她說：「我是林紅……」

「噢，是林紅……」那邊說，「李漢林回來了嗎？」

「沒有。」她說。

那邊說：「他為什麼還不回來？他走了有很多天了吧？對了，沒有那麼久，我三天前還見過他。他這次去幹什麼？是不是去推銷他們的淨水器？其實他們的淨水器完全是騙人的，他送給了我一個，我試驗過，我把從淨水器裡面流出來的水放在一個玻璃杯裡，把直接從水管子裡流出來的水放在另一個玻璃杯裡，我看不出哪一杯水更清，我又喝了一口，也嘗不出哪一杯水更乾淨……」

林紅打斷他的話：「你認識青青嗎？」

「青青？」他說。

然後那邊沒有聲音了，林紅拿著電話等了一會，那邊才說：

「不認識。」

林紅說，她努力使自己的聲音保持冷靜：

「李漢林有外遇了，他背著我在外面找了一個女人，這個女人叫青青，我是今天才知道的，他們經常約會，打電話，還寫信，我拿到了那個女人寫給李漢林的信，他們的關係已經有一年多了……」

電話那邊這時打斷了她的話，那邊說：

「李漢林的事我都知道，我就是不知道這個叫青青的女人，你會不會是誤會他們了，他們可能只是一般的朋友……對不起，有人在敲門，你等一下……」

那邊的人放下電話，過了一會，她聽到兩個男人說著話走近了電話，電話重新被拿起來，那邊說：

「喂……」

然後沒有聲音了，她知道他是在等待著她說下去，但是她不想說了，她說：

「你來客人了，我就不說了。」

那邊說：「那我們以後再說。」

電話掛斷了，林紅繼續拿著電話，她從電話本上看到了李漢林另一個朋友的電話，號碼是：8801946。她把這個號碼撥了出來，她聽到對方拿起了電話：

「喂……」

她說：「我是林紅。」

那邊說：「是林紅，你好嗎？李漢林呢？他在幹什麼？」

她沉默了一會後說：「你認識青青嗎？」

那邊很長時間裡沒有聲音，她只好繼續說：

「李漢林背著我在外面找了一個女人……」

「不會吧。」那邊這時說話了，那邊說：「李漢林不會有這種事，我了解他，你是不是……你可能是多心了……」

「我有證據，」林紅說，「我拿到了那個女人寫給他的信，還有送給他的相片，我剛才還給她打了電話……」

那邊說：「這些事情我就不知道了。」

那邊的聲音很冷淡，林紅知道他不願意再說些什麼了，她就把電話放下，然後走到陽台上坐下來，她的身體坐下後，眼淚也流了下來。李漢林還有幾個朋友，但是她不想再給他們打電話了，他們不會同情她，他們只會為李漢林說話，因為他們是李漢林的朋友。在很久以前，她也有自己的朋友，她們的名字是：趙萍、張麗妮、沈寧。她和李漢林結婚以後，她就和她們疏遠了，她把李漢林的朋友做為自己的朋友，她和他們談笑風生，和他們的妻子一起上街購物。他們結婚以後，他們的妻子替代了趙萍、張麗妮、沈寧。現在，她才發現自己一個朋友都沒有了。

她不知道趙萍和張麗妮的一點消息，她只有沈寧的電話，沈寧的電話是一年多前告訴她的，她們在街上偶爾相遇，沈寧告訴了她這個電話，她把沈寧的電話記在了本子上，然後就忘記了她的電話，現在她想起來了，她要第一次使用這個電話了。

接電話的是沈寧的丈夫，他讓林紅等一會，然後沈寧拿起了電話，沈寧說：

「喂，你是誰？」

林紅說：「是我，林紅。」

那邊發出了歡快的叫聲，沈寧在電話裡滔滔不絕地說了起來：

「聽到你的聲音我太高興了，我給你打過電話，你們的電話沒人接，你還好嗎？我們有多久沒有見面了，有一年多了嗎？我怎麼覺得有很多年沒見面了，你有趙萍和張麗妮的消息嗎？我和她們也有很多年沒見面了，你還好嗎？」

「我不好。」林紅說。

沈寧沒有了聲音，過了一會她才說：

「你剛才說什麼？」

林紅這時淚水湧了出來，她對沈寧說：

「我丈夫背叛了我，他在外面找了一個女人……」

林紅嗚咽著說不下去了，沈寧在電話裡問她：

「是怎麼回事？」

「昨天，」林紅說，「昨天我在整理他的抽屜時，發現一個疊起來的信封，我打開一看，裡面還有兩個信封，他用三個信封包住一把鑰匙，我就懷疑了，我去開家裡所有的鎖，都打不開，我就想可能是開他辦公桌抽屜的鑰匙，今天上午我去了他的辦公室，我在那裡找到了那個女人給他的信，還有兩張相片……」

「卑鄙！」沈寧在電話裡罵道。

林紅覺得自己終於獲得了支持，她充滿了內心的委屈、悲傷和氣憤可以釋放出來了，她說：

「我把一切都給了他，我從來不想自己應該怎麼樣，我每時每刻都在替他著想，想著做什麼給他吃，想著他應該穿什麼衣服。和他結婚以後，我就忘記了還有自己，只有他，我心裡只有他，可是他在外面幹出了那種事……」

林紅說到這裡，哭聲代替了語言，這時沈寧問她：

「你打算怎麼辦？」

林紅哭泣著說：「我不知道。」

「我告訴你，」沈寧說，「這時候你不能軟弱，也不能善良，你要懲罰他，從現在開始你不要再哭了，尤其不能當著他流淚，你要鐵青著臉，不要再理睬他，也別給他做飯，別給他洗衣服，什麼都別給他做，你別讓他再睡在床上了，你讓他睡到沙發上，起碼讓他在沙發裡睡上一年時間，他會求你，他甚至會下跪，他還會打自己的耳光，你都不要心軟，他會一次次地發誓，男人最喜歡發誓，他們的誓言和狗叫沒有什麼兩樣，你不要相信。總之你要讓他明白在外面風流帶來的代價，要讓他天天生活在水深火熱之中，要讓他覺得不想活了，覺得生不如死……」

三

幾天以後，李漢林回到了家中，他看到林紅坐在陽台上，對他回來無動於衷，他將提包放在沙發上，走到林紅面前，把她看了一會，他看到林紅呆若木雞，他就說：

「出了什麼事？」

林紅的眼睛看著地毯，李漢林在她身邊等了一會，她始終沒有說話，李漢林就走回到沙發旁，將提包打開，把裡面的髒衣服取出來扔在沙發上，然後轉過臉去看了看林紅，林紅仍然低著頭，他有些不高興了，他說：

「你這是在幹什麼？」

林紅的身體動了一下，她的臉轉向了陽台外側，李漢林繼續整理提包，他把裡面的東西全都取出來，放在沙發上，接著他發火了，他轉身向林紅走去，他喊叫起來：

「你他媽的這是在幹什麼？我剛回家你就鐵青著臉，我什麼地方又得罪你了？你……」

李漢林突然沒有了聲音，他看到林紅手裡捏著一把鑰匙，他腦袋裡響起了蜜蜂嗡嗡的叫聲，他那麼站了一會，然後走到自己的房間，打開抽屜，裡面是一疊雜誌，他的手從雜誌下面摸過去，摸到右邊的角落時，沒有摸到那個疊得十分整齊的信封。於是，他覺得自己的呼吸變得困難起來。

李漢林在房間的窗前站了差不多有半個小時，然後他走出房間，腳步很輕地來到林紅身旁，他把頭低下去，身體也跟著彎了下去，他對林紅說：

「你去過我的辦公室了？」

林紅坐在那裡一動不動，李漢林看了她一會後，又說：

「你看到了青青給我的信？」

林紅的肩膀開始顫抖起來，李漢林猶豫了一會，就把自己的左手放到了林紅的肩上，林紅身體猛地一動，用肩膀甩開了他的手，他的手回到了原處，垂在那裡。李漢林把這隻手放進了褲子口袋，他說：

「是這樣的，我和青青是在兩年前認識的，是在一個朋友的家裡，青青是那個朋友的表妹，我經常在朋友的家裡見到她，後來有一天，我在街上遇到了她，再後來，我就和她經常見面了。她和父母住在一起，我和你住在一起，所以說我們沒有條件，我是說，我和她沒有發生肉體關係的條件，我和她見面的地方，都是在電影院和公園，還有就是在大街上走路，我和她只是，只是有過接吻……」

他看到林紅流出了眼淚，他插在褲袋裡的手就伸了出來，伸向林紅的肩膀，可是他看到林紅的肩膀一下子縮緊了，他只好把手收回來，他摸了摸自己的額頭，繼續說：

「我和她全部的交往就是這些，就算你沒有發現，我和她也不會做進一步的事，我在心裡是很珍惜這個家庭的，我不會破壞你和我組成的這個家……」

林紅聽到這裡猛地站了起來，走進了臥室，然後又猛地將門關上。李漢林站在原處沒有動，過了大約五分鐘，他走到臥室的門前，伸手輕輕地敲了兩下，接著他說：

「從今天起，我不會再和青青見面了。」

四

林紅心想：他沒有哀求我，沒有下跪，沒有打自己的耳光，沒有信誓旦旦，就是連對不起這樣的話，他也沒有說。

不過他睡在了沙發上，沈寧只是這一點說對了。他睡到沙發上之前，在她的床前站了很久，就像是一個斤斤計較的商人那樣，站在那裡權衡利弊得失，最後他選擇了沙發。

他選擇了沙發，也就是選擇了沉默不語，也就是選擇了與她分居的生活。他將自己的生活與她的生活分離開來，他不再和她談有關青青的話題，當然他也不再以丈夫自居了，他在這個家中謹慎小心，走動時盡量不發出聲響，也不去打開電視，他把自己活動的空間控制在沙發上，不是坐著就是躺著，他開始讀書了，這個從來不讀書的人開始手不釋卷了。

當她出現在他的眼前時，他會立刻放下手中的書，眼睛看著她，一方面他是在察顏觀色，另一方面他也表白了自己，他並沒有沉浸在閱讀帶來的樂趣裡，他仍然在現實裡忐忑不安著。

他的沉默使她憤怒，他讓家中一點聲音都沒有，他是不是想因此而矇混過關？問題是她不能忍受，她不能讓他有平安的生活。他背叛了她，然後小心翼翼就行了？

她開始挑釁他，她看到他坐在沙發上，兩隻腳伸在地上，她就向陽台走去，走到他的腳前時，對準他的腳使勁一踢，彷彿他的腳擋住了她的路。她走到陽台上，等待著他的反應，可是他什麼反應都沒有，疼痛都不能使他發出聲音。她站了一會，只好轉身走回到自己的臥室，這一次她看到他的兩隻腳縮在沙發上了。

她繼續挑釁，在傍晚來到的時候，她走到沙發前，將他的被子，他的衣服，他的書全部扔到地上，然後自己坐在沙發上，打開電視看了起來。

這一切發生時，他就坐在沙發上，電視打開後，他才站起來走到陽台上，坐在陽台的地上繼續看他的書，他這樣做是為了向她表明他的謙虛，他認為自己不配與她坐在一起，不配與她一起看著電視。他一直坐在陽台堅硬的地上，中間有幾次站起來活動一會，活動完了以後，坐下來繼續讀書。直到她起身離開，她回到臥室躺下後，他才回到沙發上，將被她扔在地上的東西撿起來，然後躺在沙發上睡覺了。

他的沉默無邊無際，反而使她不知如何是好了，她所有的挑釁都像是石沉大海一樣，得不到回應。到後來，她讓出了自己的床，她在沙發上躺下來看電視，她看著電視在沙發上睡著了，而且一覺睡到天亮，雖然這裡面包含了她的陰謀，然而也是順理成章的事。

她占據了他睡覺的地方，同時讓出了自己的床，她讓那張鬆軟的床引誘他，讓他粗心大意地睡上去，然後她就獲得了與他鬥爭的機會。可是天亮以後，當她在沙發上醒來時，看到他坐在椅子上，頭枕著餐桌而睡。

他在家中夾著尾巴做人，看上去他似乎已經在懲罰自己了，問題是這樣的懲罰連累了她，她有淚不能流，有話不能喊，她怒火滿腔，可是只能在胸中燃燒。她已經不指望他會哀求，他會下跪，她的朋友沈寧所說的一切，她都不指望出現了。她現在渴望的是大吵大鬧，哪怕是揮拳鬥毆，也比這樣要好。

可是他拒絕給她這樣的機會，也就是說他拒絕了她所選擇的懲罰，他自己判決了自己，而且一絲不苟地服從這樣的判決，到頭來讓她覺得他習慣了這種糟糕的生活，他似乎變得心安理得了，每天早晨，他總是在她前面走出家門，傍晚時又在她後面回到家中，這也無可指責，他工作的單位比她的遠得多，以前也是這樣，他總是早出晚歸。他在單位吃了午飯，晚飯在什麼地方吃的，她就不知道了，她是不再給他準備晚飯了。他回來時沒有走進廚房，甚至都沒向廚房看上一眼，她就知道他已經吃飽了。他坐在沙發上，拿起了一本書。他手中的書一本一本地在更換，她就知道他把那些書都看進去了，他攪亂了她的生活，讓她的心理也隨之失常，可是他把自己的一切都調節得很好。於是她怒火中燒，她咬牙切齒，然而她不知道如何發洩。

這一天傍晚的時候，她站在陽台上，突然看到他從樓下的一家飯店裡走出來，她開始知道他的晚飯是在什麼地方吃了。她氣得渾身發抖，她在度日如年，他卻是在飯店裡進進出出，過著不切實際的奢侈生活。她立刻走下樓去，雖然她已經吃過晚飯了，她還要再去飽吃一頓，她在樓梯上與他擦肩而過，她沒有看他一眼，她迅速地走到了樓下，走進了他剛剛出來的那家飯店，她要了幾個菜，還要了酒，可是她吃了兩口以後，就吃不下去了。

她在飯店裡吃了三頓以後，她心疼那些錢了，她動用了他們在銀行的存款，他們的錢本來就不多，他們還有很多必備的東西沒有買。這樣的想法讓她拉住了自己的腳，她的腳跨不進了飯店的大門。她重新站在家中廚房的爐灶前，給自己做起了最為簡單的晚餐。

然而，當她在家中的陽台上繼續看到他從下面的飯店裡出來後，憤怒使她繼續走進了樓下的那家飯店，直到有一次，她與他在飯店裡相遇為止。那一次她走進去時，看到他正在吃著一碗麵條，她在遠離他的一張桌子旁坐下，看著他周圍的人都在奢侈地吃著，而他則是寒酸地吃著一碗麵條，她心裡突然難受起來。

就這樣，後來她在給自己準備晚餐時，也給他做了一份。她把一只空碗放在桌子最顯眼的地方，又將一雙筷子放在碗上，將飯菜放在一旁，她希望他一進來就能注意到這些，他在這點上沒有讓她失望，他看到為自己準備的晚餐時，眼睛一下子閃閃發亮了，然後他試探地看了看她，確認這是為他準備的，儘管他已經吃過麵條了，他還是坐到了桌前，把她做的晚餐全部吃了下去。

他吃完時，她已經回到了臥室，並且關上了臥室的門。她躺在床上，聽著他打開門，走到床前，他在床前站了一會後，在床沿上坐下來，他對她說：

「我們能不能談一談？」

她沒有說話，過了一會，他繼續說：

「我們能不能談一談？」

她還是不說話，可是她希望他能夠滔滔不絕地說著，她認為他應該指責自己了，他哪怕不是痛哭流涕，也應該捶胸頓足，他應該像沈寧所說的跪下來，應該信誓旦旦，應該把所有該說的話都說出來，雖然她一樣不會理睬他，可是這些他必須做到，然而他只會說：我們能不能談一談。

他在她的床前坐了很久，看到她始終沒有說話，就站起來走了出去，她聽到他很輕地將門關上，她的淚水立刻湧了出來，他就這樣不負責任地走開了。他回到沙發前，他躺下來以後，剛剛出現的進展消失了，一切又都回到了開始的時候。

五

這樣的日子持續了二十六天，李漢林終於不能忍受了，他告訴林紅：他身上所有的關節都在發出疼痛，他的脖子都不能自如地轉動了，還有他的胃，因為生活沒有規律也一陣陣地疼了，所以……他說：

「這樣的生活應該結束了。」

他這時候聲音宏亮了，他不再小心翼翼，不再躡手躡腳，他站在林紅的面前揮動著手臂，他顯得理直氣壯，他說：

「我已經懲罰了自己，可是你還是不肯原諒我，如果我們繼續這樣下去，不僅是我，你也是一樣無法忍受，這樣的日子我實在是受夠了，我不能再這樣下去了，我們只能……」

他停頓了一下：「我們只能離婚了。」

他說話的時候，林紅一直背對著他，當她聽到他說出的最後那句話時，猛地轉過臉去，她說：

「你別想和我離婚！你傷害了我，你還沒有付出代價，你就想逃跑了，你就想跑到青青那裡去，我不會同意的，我要拖住你，我要把你拖到老，拖到死……」

她看到李漢林臉上出現了微笑，她突然明白過來，實際上他並不反對自己被拖住，哪怕是把他拖到頭髮花白，拖到死去，他也不會提出絲毫異議。於是她不再往下說了，她站在那裡一時間不知道該怎麼辦，她感到淚水流出來了，隨著淚水的流出，她感受到了屈辱。那麼多受苦的日子過去之後，換來的卻是他的微笑；她一直在等待著他的懺悔，他對自己的指責，最起碼他也應該有一次的痛哭流涕，有一次讓她感到他真正悔恨的行為，可是他什麼都沒有做，反而站到她面前，理直氣壯地說：

「我們只能離婚了。」

她抬起手，將眼淚擦乾淨，然後她說：

「算了，我們還是離婚吧。」

說完這話，她看到微笑在他臉上轉瞬即逝。她轉身走入臥室，把門鎖上，然後躺到床上和衣而睡了。

六

他們走在了街上，他們要去的地方是街道辦事處，他們的婚姻就是在那裡建立的，現在第二次去那裡是為了廢除婚姻。他們沿著街邊的圍牆往前走去，李漢林走在前面，林紅走在後面，李漢林走上一會，就會站住腳，等林紅走上來以後，再繼續往前走去。兩個人誰也沒有開口說話，李漢林始終是低著頭，皺著眉，一副心事沉重的樣子。而林紅則是仰著臉，讓秋風把自己的頭髮吹起來，她沒有表情的臉上有時會出現一絲微笑，她的微笑就像飄落的樹葉那樣，有著衰敗時的淒涼。

他們走過了很多熟悉的商店，每一個商店他們都共同走進去過幾次，他們又走過了很多公交車的車站，他們曾經一起站在這些站牌下等待著……就這樣，他們在回憶的道路上走過去，時間也彷彿往回流了，他們來到了一個名叫黃昏的咖啡館，李漢林站住了腳，等林紅走上來以後，他沒有繼續往前走去，因為他想起來了，幾年前他們結婚的時候，也就是他們剛從那個街道辦事處登記了他們的婚姻以後，曾經來到這裡，坐在臨街的窗前，他喝了一杯咖啡，她喝了一杯雪碧。所以他就叫住了她，對她說：

「我們是不是進去喝一杯？」

林紅這時候已經走過去了，她轉過身來，抬頭看了看，看到了建在屋簷上的霓虹燈，燈管拼湊出了「黃昏咖啡館」這樣五個字，於是她就接受了他的建議，他們一起走進了咖啡館。此刻是下午，咖啡館裡沒有多少人，他們選擇了臨街的窗前坐下，他還是要了一杯咖啡，她還是叫了一杯雪碧，然後他們都回憶起來了，幾年前為了慶祝他們的結婚，他們在這裡各自喝的是什麼。

李漢林首先微笑了，林紅也微笑起來，可是他們馬上收起了笑容，將自己的臉轉向別處，李漢林看著窗外，林紅去看咖啡館裡其他的人，她注意到一個年輕的女子穿著鮮豔的紅顏色，獨自坐在他們的右側，正看著他們，林紅感到她的臉上有著古怪的神色，接著林紅知道她是誰了，一個名字在林紅的腦中閃現了，這個名字是青青。

林紅立刻去看李漢林，李漢林也看到了青青，顯然他沒有料到會在這裡遇上她，所以他的臉上充滿了吃驚。當他將臉轉回來時，看到林紅正看著自己，從林紅的目光裡，他知道她已經明白了，他對林紅苦笑了一下。

林紅說：「是你通知她的。」

李漢林說：「你說什麼？」

林紅說：「你告訴她我們要離婚了，所以她就來了。」

李漢林說：「不！」

林紅內心湧上了悲傷，她說：

「其實你不用這麼焦急……」

「不。」李漢林又說：「她什麼都不知道。」

林紅使勁地看著李漢林，她看到李漢林臉上的神色十分堅決，她開始有點相信他的話了。她又去看那個年輕的女子，這個叫青青的正看著他們，當林紅看到她時，她立刻將目光移開了，林紅對李漢林說：

「她一直在看著你，你還是過去和她說幾句吧。」

「不。」李漢林說。

林紅繼續說：「我們馬上就要離婚了，你還怕什麼？」

「不，」李漢林還是這樣說。

林紅看著李漢林，他堅定不移的態度使她突然感到了溫暖。她又去看青青，這一次青青沒有看著他們，她正端起杯子喝著飲料，她的一條腿架在另一條腿上，她的動作看上去缺少了應有的自如。林紅再去看李漢林，李漢林正看著窗外的街道，他緊鎖雙眉，表情凝重，林紅看了他一會後，對他說：

「你吻我一下。」

李漢林轉過臉來，吃驚地看著林紅，林紅繼續說：

「你吻我一下，以後你不會再吻我了，所以我要你吻我一下。」

李漢林點點頭，將身體探過來，林紅說：

「我要你坐在我身邊吻我。」

於是李漢林立刻起身坐到了林紅身邊，他將嘴唇貼到了林紅的臉頰上，這時林紅又說：

「你抱住我。」

李漢林就抱住了她，然後他感到她的嘴唇從他臉上擦過來，接住了他的嘴，她的舌頭伸進了他的嘴中，她的手也抱住了他。這時候李漢林感受到了如同夜晚一樣漫長的接吻，她用手控制了他的身體，用舌頭控制了他的嘴，她的熱烈通過他的嘴進入他體內，然後無邊無際地擴散開來了。

林紅的眼睛始終看著那個叫青青的女子，看著她如何不時地向他們這裡張望，如何不安地將那個杯子在桌子上移動，最後又看著她如何站起來，腳步匆匆地走出了這個名叫黃昏的咖啡館，當她紅色的身影在他們身旁閃過去，並且再不會出現以後，林紅內心湧上歡樂，她突然覺得自己已經勝利了。經過了二十六個日子的悲傷和憤怒，失眠和空虛之後，她不戰而勝了。

她的手從李漢林身上鬆開，她的嘴也從李漢林嘴上移開，然後她微笑地對李漢林說：

「我們回家吧。」

闌尾

我的父親以前是一名外科醫生，他體格強壯，說起話來聲音宏亮，經常在手術台前一站就是十多個小時，就是這樣，他下了手術台以後臉上仍然沒有絲毫倦意，走回家時腳步咚咚咚咚，響亮而有力，走到家門口，他往往要先站到牆角撒一泡尿，那尿沖在牆上唰唰直響，聲音就和暴雨沖在牆上一樣。

我父親在他二十五歲那年，娶了一位漂亮的紡織女工做自己的妻子，他的妻子婚後第二年就給他生下了一個兒子，那是我哥哥，過了兩年，他妻子又生下了一個兒子，這一個就是我。

在我八歲的時候，有一天，精力充沛的外科醫生在連年累月的繁忙裡，偶爾得到了一個休息之日，就在家裡舒舒服服地睡了一個上午，下午他帶著兩個兒子走了五里路，去海邊玩了近三個小時，回來時他肩膀上騎著一個，懷裡還抱著一個，又走了五里路。吃過晚飯以後天就黑了，他就和自己的妻子，還有兩個孩子，坐在屋門前的一棵梧桐樹下，那時候月光照射過來，把樹葉斑斑駁駁地投在我們身上，還有涼風，涼風在習習吹來。

外科醫生躺在一張臨時搭出來的竹床上，他的妻子坐在旁邊的籐椅裡，他們的兩個孩子，我哥哥和我，並肩坐在一條長凳上，聽我們的父親在說每個人肚子裡都有的那一條闌尾，他說他每天最少也要割掉二十來條闌尾，最快的一次他只用了十五分鐘，十五分鐘就完成了一次闌尾手術，將病人的闌尾唰地一下割掉了。我們問，割掉以後怎麼辦呢？

「割掉以後？」我父親揮揮手說，「割掉以後就扔掉。」

「為什麼扔掉呢？」

我父親說：「闌尾一點屁用都沒有。」

然後父親問我們：「兩葉肺有什麼用處？」

我哥哥回答：「吸氣。」
「還有呢？」
我哥哥想了想說：「還有吐氣。」
「胃呢？胃有什麼用處？」
「胃，胃就是把吃進去的東西消化掉。」還是我哥哥回答了。
「心臟呢？」
這時我馬上喊叫起來：「心臟就是咚咚跳。」
我父親看了我一會，說：「你說得也對，你們說得都對，肺，胃，心臟，還有十二指腸，結腸，大腸，直腸什麼的都有用，就是這闌尾，這盲腸末端上的闌尾……你們知道闌尾有什麼用？」
我哥哥搶先學父親的話說了，他說：「闌尾一點屁用都沒有。」
我父親哈哈大笑了，我們的母親坐在一旁跟著他笑，我父親接著說道：
「對，闌尾一點用都沒有。你們呼吸，你們消化，你們睡覺，都和闌尾沒有一點關係，就是吃飽了打個嗝，肚子不舒服了放個屁，也和闌尾沒關係……」
聽到父親說打嗝放屁，我和我哥哥就咯咯笑了起來，這時候我們的父親坐了起來，認真地對我們說：

「可是這闌尾要是發炎了，肚子就會愈來愈疼，如果闌尾穿孔，就會引起腹膜炎，就會要你們的命，要你們的命懂不懂？」

我哥哥點點頭說：「就是死掉。」

一聽說死掉，我吸了一口冷氣，我父親看到了我的害怕，他的手伸過來拍了一下我的腦袋，他說：

「其實割闌尾是小手術，只要它不穿孔就沒有危險……有一個英國的外科醫生……」

我們的父親說著躺了下去，我們知道他要講故事了，他閉上眼睛很舒服地打了一個呵欠，然後側過身來對著我們，他說那個英國的外科醫生有一天來到了一個小島，這個小島上沒有一家醫院，也沒有一個醫生，連一只藥箱都沒有，可是他的闌尾發炎了，他躺在一棵椰子樹下，痛了一個上午，他知道如果再不動手術的話，就會穿孔了……

「穿孔以後會怎麼樣？」我們的父親撐起身體問道。

「會死掉。」我哥哥說。

「會變成腹膜炎，然後才會死掉。」我父親糾正了我哥哥的話。

我父親說：「那個英國醫生只好自己給自己動手術，他讓兩個當地人抬著一面大鏡子，他就對著鏡子裡的自己，就在這裡……」

我父親指指自己肚子的右側，「在這裡將皮膚切開，將脂肪分離，手伸進去，去尋找盲腸，找到盲腸以後才能找到闌尾……」

一個英國醫生，自己給自己動手術，這個了不起的故事讓我們聽得目瞪口呆，我們激動地望著自己的父親，問他是不是也能自己給自己動手術，像那個英國醫生那樣。

我們的父親說：「這要看是在什麼情況下，如果我也在那個小島上，闌尾也發炎了，為了救自己的命，我就會自己給自己動手術。」

父親的回答使我們熱血沸騰，我們一向認為自己的父親是最強壯的，最了不起的，他的回答進一步鞏固了我們的這個認為，同時也使我們有足夠的自信去向別的孩子吹噓：

「我們的父親自己給自己動手術……」我哥哥指著我，補充道：「我們兩個人抬一面大鏡子……」

就這樣過了兩個多月，到了這一年秋天，我們父親的闌尾突然發炎了。那是一個星期天的上午，我們的母親去工廠加班了，我們的父親值完夜班回來，他進家門的時候，剛好我們的母親要去上班，他就在門口告訴她：

「昨晚上一夜沒睡，一個腦外傷，兩個骨折，還有一個青黴素中毒，我累了，我的胸口都有點疼了。」

然後我們的父親捂著胸口躺到床上去睡覺了，我哥哥和我在另一間屋子裡，我們把桌子放到椅子上去，再把椅子放到桌子上去，那麼放來放去，三、四個小時就過去了，我們聽到父親屋子裡有哼哼的聲音，就走過去湊在門上聽，聽了一會兒，我們的父親在裡面叫我們的名字了，我們馬上推門進去，看到父親像一隻蝦那樣彎著身體，正齜牙咧嘴地望著我們，父親對我們說：

「我的闌尾……哎……疼死我了……急性闌尾炎，你們快去醫院，去找陳醫生……找王醫生也行……快去，去……」

我哥哥拉著我的手走下了樓，走出了門，走在了胡同裡，這時候我明白過來了，我知道父親的闌尾正在發炎，我哥哥拉著我正往醫院走去，我們要去找陳醫生，或者去找王醫生，找到了他們，他們會做什麼？

一想到父親的闌尾正在發炎，我心裡突突地跳，我心想父親的闌尾總算是發炎了，我們的父親就可以自己給自己動手術了，我和我哥哥就可以抬著一面大鏡子了。

走到胡同口，我哥哥站住腳，對我說：

「不能找陳醫生，也不能找王醫生。」

我說：「為什麼？」

他說：「你想想，找到了他們，他們就會給我們爸爸動手術。」

我點點頭，我哥哥問：「你想不想讓爸爸自己給自己動手術？」

我說：「我太想了。」

我哥哥說：「所以不能找陳醫生，也不能找王醫生，我們到手術室去偷一個手術包出來，大鏡子，家裡就有……」

我高興地叫了起來：「這樣就能讓爸爸自己給自己動手術啦。」

我們走到醫院的時候，他們都到食堂裡去吃午飯了，手術室裡只有一個護士，我哥哥讓我走過去和她說話，我就走過去叫她阿姨，問她為什麼長得這麼漂亮，她嘻嘻笑了很長時間，我哥哥就把手術包偷了出來。

然後我們回到了家裡，我們的父親聽到我們進了家門，就在裡面房間輕聲叫起來：

「陳醫生，陳醫生，是王醫生吧？」

我們走了進去，看到父親額上全是汗水，是疼出來的汗水。父親看到走進來的既不是陳醫生，也不是王醫生，而是他的兩個兒子，我哥哥和我，就哼哼地問我們：

「陳醫生呢？陳醫生怎麼沒來？」

我哥哥讓我打開手術包，他自己把我們母親每天都要照上一會的大鏡子拿了過來，父親不知道我們要幹什麼，他還在問：

「王醫生，王醫生也不在？」

我們把打開的手術包放到父親的右邊，我爬到床裡面去，我和哥哥就這樣一裡一外地將鏡子抬了起來，我哥哥還專門俯下身去察看了一下，看父親能不能在鏡子裡看清自己，然後我們興奮地對父親說：

「爸爸，你快一點。」

我們的父親那時候疼歪了臉，他氣喘吁吁地看著我們，還在問什麼陳醫生，什麼王醫生，我們急了，對他喊道：
「爸爸，你快一點，要不就會穿孔啦。」
我們的父親這才虛弱地問：「什麼……快？」
我們說：「爸爸，你快自己給自己動手術。」
我們的父親這下明白過來了，他向我們瞪圓了眼睛，罵了一聲：
「畜生。」
我嚇了一跳，不知道做錯了什麼，就去看我的哥哥，我哥哥也嚇了一跳，他看著父親，父親那時候疼得說不出話來了，只是向我們瞪著眼睛，我哥哥馬上就發現了父親為什麼罵我們，他說：
「爸爸的褲子還沒有脫下來。」
我哥哥讓我拿住鏡子，自己去脫父親的褲子，可我們的父親一巴掌打在我哥哥的臉上，又使足了勁罵我們：
「畜生。」
嚇得我哥哥趕緊滑下床，我也趕緊從父親的腳邊溜下了床，我們站在一起，看著父親在床上虛弱不堪地怒氣沖沖，我問哥哥：

「爸爸是不是不願意動手術？」

我哥哥說：「不知道。」

後來，我們的父親哭了，他流著眼淚，斷斷續續地對我們說：

「好兒子，快去……快去叫……媽媽，叫媽媽來……」

我們希望父親像個英雄那樣給自己動手術，可他卻哭了。我哥哥和我看了一會父親，然後我哥哥拉著我的手就跑出門去，跑下了樓，跑出了胡同……這一次我們沒有自作主張，我們把母親叫回了家。

我們的父親被送進手術室時，闌尾已經穿孔了，他的肚子裡全是膿水，他得了腹膜炎，在醫院的病床上躺了一個多月，又在家裡休養了一個月，才重新穿上白大褂，重新成為了醫生，可是他再也做不成外科醫生了，因為他失去了過去的強壯，他在手術台前站上一個小時，就會頭暈眼花。他一下子瘦了很多，以後就再也沒有胖起來，走路時不再像過去那樣咚咚地節奏分明，常常是一步邁出去大，一步邁出去又小了，到了冬天，他差不多每天都在感冒。於是他只能做一個內科醫生了，每天坐在桌子旁，不急不慢地和病人說著話，開一些天天都開的處方，下班的時候，手裡拿一塊酒精棉球，邊擦著手邊慢吞吞地走著回家。到了晚上睡覺的時候，我們經常聽到他埋怨我們的母親，他說：

「說起來你給我生了兩個兒子，其實你是生了兩條闌尾，平日裡一點用都沒有，到了緊要關頭害得我差點丟了命。」

空中爆炸

八月的一個晚上，屋子裡熱浪滾滾，我和妻子在嘎嘎作響的電扇前席地而坐，我手握遙控器，將電視頻道一個一個換過去，然後又一個一個換過來。我汗流浹背，心情煩躁。我的妻子倒是心安理得，她坐在那裡一動不動，在她光滑的額頭上我找不到一顆汗珠，她就像是一句俗話說的那樣，心靜自然涼。可是我不滿現實，我結婚以後就開始不滿現實了，我嘴裡罵罵咧咧，手指敲打著遙控器，將電視屏幕變成一道道的閃電，讓自己年輕的眼睛去一陣陣地老眼昏花。我咒罵夏天的炎熱，我咒罵電視裡的節目，我咒罵嘎嘎作響的破電扇，我咒罵剛剛吃過的晚餐，我咒罵晾在陽台上的短褲……我的妻子還是心安理得，只要我在這間屋子裡，只要我和她坐在一起，我說什麼樣的髒話，做什麼樣的壞事，她都能心安理得。要是我走出這間屋子，我離開了她，她就不會這樣了，她會感到不安，她會不高興，她會喊叫和指責我，然後就是傷心和流淚了。這就是婚姻，我要和她寸步不離，這是做為丈夫的職責，直到白頭到老，哀樂響起。

我的朋友唐早晨敲響了我的屋門，他用手指，用拳頭，用腳，可能還用上了膝蓋，總之我的屋門響成了一片。這時候我像是聽到了嘹亮軍號和公雞報曉一樣，我從地上騰地站起，將門打開，看到了有一年多沒見的唐早晨。我叫了起來：

「唐早晨，他媽的是你。」

唐早晨穿著肥大的褲子和鐵紅的西服，他油頭粉面，笑容古怪，他的腳抬了抬，可是沒有跨進來。我說：

「你快進來。」

唐早晨小心翼翼地走進了我的屋子，他在狹窄的過道裡東張西望，就像是行走在伸手不見五指的漆黑裡。我知道他的眼睛是在尋找我妻子，他一年多時間沒來也是因為我妻子。用我妻子的話說：唐早晨是一個混蛋。

其實唐早晨不是混蛋，他為人厚道，對朋友熱情友好，他只是女人太多，所以我的妻子就說他是一個混蛋。在過去的日子裡，他經常帶著女人來到我家，這倒沒什麼，問題是他每次帶來的女人都不一樣，這就使我的妻子開始忐忑不安，她深信近墨者黑、近朱者赤這樣的道理，她覺得我和他這麼交往下去實在太危險了，準確地說是她覺得自己太危險了。她忘記了我是一個正派和本分的人，她開始經常地警告我，而且她的警告裡充滿了恫嚇，她告訴我：如果我像唐早晨那樣，那麼我的今後就會災難深重。她生動地描繪了災難來到後的所有細節，只要她想得起來，要命的是她在這方面總是想像豐富，於是我就愈來愈膽小。

可是唐早晨是一個粗心大意的人，他一點都感覺不到我妻子的警惕，雖然我暗示過多次，他仍然毫無反應，這時候他又是一個遲鈍的人。直到有一天，他坐在我家的沙發裡，聲音響亮地說：

「我看著朋友們一個一個都結婚了，先是你，然後是陳力達，方宏，李樹海。你們四個人一模一樣，遇上第一個女人就結婚了。我不明白你們為什麼那麼快就結婚了？你們為什麼不多談幾次戀愛？為什麼不像我這樣自由自在地生活？

為什麼要找個女人來把自己管住，管得氣都喘不過來。我現在只要想起你們，就會忍不住嘿嘿地笑，你們現在連說話都要察顏觀色，尤其是你，你說上兩句就要去看看你的妻子，你累不累？不過你現在還來得及，好在你還沒有老，你還有機會遇上別的女人，什麼時候我給你介紹一個？」

這就是唐早晨，話一多就會忘乎所以。他忘了我的妻子正在廚房裡炒菜，他的嗓門那麼大，他說出的每一個字都被我妻子聽進了耳朵。於是我妻子臉色鐵青地走了出來，她用手裡的油鍋去推唐早晨，油鍋裡的油還在噼噼啪啪地跳著響著，她說：

「你出去，你出去……」

唐早晨嚇得臉都歪了，他的頭拚命地往後仰，兩隻手摸索著從沙發上移了出去，然後都來不及看我一眼，就從我家裡逃之夭夭了。我沒有見過如此害怕的神色，我知道他害怕的不是我妻子，是我妻子手上的油鍋，裡面噼噼啪啪的響聲讓他聞之喪膽，而且有一年多時間沒再跨進我的屋門。

一年多以後，在這個八月的炎熱之夜，他突然出現了，走進了我的家，看到了我的妻子。這時候我妻子已經從地上站起來了，她看到唐早晨時友好地笑了，她說：

「是你，你很久沒來我們家了。」

唐早晨嘿嘿地笑，顯然他想起了當初的油鍋，他有些拘束地站在那裡，我妻子指著地上草蓆說：

「你請坐。」

他看看我們鋪在地上的草蓆，仍然站在那裡，我將嘎嘎作響的電扇抬起來對著他吹，我妻子從冰箱裡拿出了飲料遞給他，他擦著汗水喝著飲料，還是沒有坐下，我就說：

「你為什麼不坐下？」

這時他臉上出現了討好我們的笑容，然後他說：

「我不敢回家了，我遇上了麻煩。」

「什麼麻煩？」我吃了一驚。

他看看我的妻子，對我說：

「我最近和一個女人……這個女人有丈夫，現在她的丈夫就守在我家樓下……」

我們明白發生了什麼，一個吃足了醋的丈夫此刻渾身都是力氣，他要讓我們的朋友唐早晨頭破血流。我的妻子拿起了遙控器，她更換了兩個電視頻道後，就認真地看了起來。她可以置之度外，我卻不能這樣，畢竟唐早晨是我的朋友，我就說：

「怎麼辦？」

唐早晨可憐巴巴地說：「你能不能陪我回去？」

我只好去看我的妻子，她坐在草蓆上看著電視，我希望她能夠回過頭來看我一眼，可是她沒有這樣做，我只好問她：

「我能不能陪他回家？」

我的妻子看著電視說：「我不知道。」

「她說不知道。」我對唐早晨說，「這樣一來，我也不知道該不該陪你回家了。」

唐早晨聽到我這麼說，搖起了頭，他說：

「我這一路過來的時候，經過了陳力達的家，經過了方宏的家，就是到李樹海的家，也比到你這裡來方便。我為什麼先到你這裡來，你也知道，雖然我們有一年多沒見面了，可我們還是最好的朋友，所以我就先來找你了，沒想到你會這樣，說什麼不知道，乾脆你就說不願意……」

我對唐早晨說：「我沒有說不願意，我只是說不知道……」

「不知道是什麼意思？」唐早晨問我。

「不知道就是……」我看了看妻子，繼續說：「不是我不願意，是我妻子不願意。她不願意，我就一點辦法都沒有了，我可以跟著你走，但是我這麼一走以後就沒法回家了，她會把我鎖在門外，不讓我回家。我可以在你家裡住上一天、二天，甚至一個月，可是我總得回家，我一回家就沒好日子過了。你明白嗎？不是我不願意，是她不願意……」

「我沒有說不願意。」這時我妻子說話了，她轉過身來對唐早晨說：「你不要相信他的話，他現在動不動就把自己說得那麼可憐，其實他在家裡很霸道，什麼事都要他做主，稍有不順心的事他就要發脾氣，這個月他都砸壞了三個杯子……」

我打斷她的話：「我確實怕你，唐早晨可以證明。」

唐早晨連連點頭：「是的，他確實怕你，這一點我們都知道。」

我妻子看著我和唐早晨笑了起來，她笑的時候，我們兩個人站在那裡一動不動，她笑著問唐早晨：

「有幾個人守在你家樓下？」

「就一個。」唐早晨說。

「他身上有刀子嗎？」我妻子繼續問。

「沒有。」唐早晨回答。

「你怎麼知道沒有？他會把刀子藏在衣服裡面。」

「不可能。」唐早晨說，「他就穿著一件汗衫，下面是短褲，沒法藏刀子。」

我妻子放心了，她對我說：「你早點回來。」

我馬上點起頭，我說：「我快去快回。」

唐早晨顯然是喜出望外了，他不是轉身就走，而是站在那裡滔滔不絕地說了起來，他對我妻子說：

「我早就知道你會這樣的，要不我就不會先來你們家了。我想來想去，我這幾個朋友的妻子裡面，你最通情達理。方宏的妻子陰陽怪氣的，陳力達的妻子是個潑婦，李樹海的妻子總喜歡教訓別人，就是你最通情達理，你最好……」

說著唐早晨轉過頭來對我說：「你小子運氣真是好。」

我心想唐早晨要是再這麼廢話連篇，我妻子說不定會改變主意了，我就踢了他一腳。我把他踢疼了，他「嗷」的叫出了半聲，馬上明白我的意思，立刻對我妻子說：

「我們走了。」

我們剛走到了門外，我妻子就叫住了我，我以為她改變主意了，結果她悄悄地對我說：

「你別走在前面，你跟在他們後面。」

我連連點頭：「我知道了。」

離開我家以後，我和唐早晨先去了李樹海的家，就像唐早晨說的那樣，李樹海的妻子把唐早晨教訓了一通。那時候她剛洗了澡，她坐在電扇前梳著頭，梳下來的水珠像是唾沫似的被電扇吹到了唐早晨的臉上，讓唐早晨不時地伸手去擦一把臉。李樹海的妻子說：

「我早就說過了，你再這樣下去，總有一天會被人家打斷腿的。李樹海，我是不是早就說過了？」

我們的朋友李樹海一聲不吭地坐在那裡，聽到妻子用這種口氣說他的朋友，讓他很難堪，但他還是微微地點了點頭。他的妻子往下說道：

「唐早晨你這個人不算壞，其實你就是一個色鬼，你要是和沒結婚的姑娘交往也還說得過去，你去勾引人家的妻子，那你就太缺德了，本來人家的生活很美滿，被你這麼一插進去，人家的幸福馬上就變成了痛苦，好端端的一個家庭被你拆散了，要是有孩子的話，孩子就更可憐了。你想一想，你要是勾引了我，李樹海會有多痛苦，李樹海你說對不對？」

她的現身說法讓李樹海坐立不安，可是她全然不覺，她繼續說：

「你經常這樣，把自己的幸福建立在別人的痛苦之上，可是總有一天你會得到報應的，別人會把你打死的，像你這樣的人，就是被人打死了，也沒人會來同情你。你記住我的話，你要是再不改掉你好色的毛病，你會倒楣的。現在已經有人守在你家樓下了，是不是？」

唐早晨點著頭說：「是，是，你說得很對，我最近手氣不好，搞了幾個女人，都他媽的有男人來找麻煩。」

然後我和唐早晨，還有李樹海來到了方宏的家，我們三個人坐在方宏家的客廳裡，吃著方宏從冰箱裡拿出來的冰棒，看著方宏光著膀子走進了臥室，然後聽到裡面一男一女竊竊私語的聲音。我們知道方宏是在告訴他的妻子發生了什麼，接下去就是說服他的妻子，讓他在這個炎熱的夏日之夜暫時離家，去助唐早晨一臂之力。

臥室的門虛掩著，留著一條比手指粗一些的縫，我們看到裡面的燈光要比客廳的暗淡，我們聽到他們兩個人的聲音此起彼伏，他們都在使勁壓制著自己的聲音，所以我們聽到的彷彿不是聲音，彷彿是他們兩個人呼哧呼哧的喘氣聲。

我們吃完了冰棒，我們看著電扇的頭搖過來搖過去，讓熱呼呼的風吹在我們出汗的身上，我們三個人互相看著，互相笑一笑，再站起來走兩步，又坐下。我們等了很長時間，方宏終於出來了，他小心翼翼地將臥室的門關上，然後滿臉嚴肅地站在那裡，把一件白色的汗衫從脖子上套了進去，將汗衫拉直以後，他對我們說：

「走吧。」

現在我們有四個人了，我們汗流浹背地走到了陳力達的樓下，陳力達的家在第六層，也就是這幢樓房的頂層。我們四個人仰起臉站在嘈雜的街道上，周圍坐滿了納涼的人，我們看到陳力達家中的燈光，我們喊了起來：

「陳力達，陳力達，陳力達。」

陳力達出現在了陽台上，他的腦袋伸出來看我們，他說：

「誰叫我？」

「我們。」我們說。

「誰？」

我說：「是李樹海，方宏，唐早晨，還有我。」

「他媽的，是你們啊？」陳力達在上面高興地叫了起來，他說：「你們快上來。」

「我們不上來啦。」我們說：「你住得太高啦，還是你下來吧。」

這時我們聽到一個女人的聲音在上面響了起來：

「下來幹什麼？」

我們仔細一看，陳力達的妻子也在陽台上了，她用手指著我們說：

「你們來幹什麼？」

我說：「唐早晨遇上麻煩了，我們幾個朋友要幫助他，讓陳力達下來。」

陳力達的妻子說：「唐早晨遇到什麼麻煩了？」

李樹海說：「有一個人守在他家的樓下，準備要他的命。」

陳力達的妻子說：「那個人為什麼要他的命？」

方宏說：「唐早晨和那個人的妻子好上了……」

「我知道啦。」陳力達的妻子說，「唐早晨的老毛病又犯了，所以人家要來殺唐早晨了。」

「對。」我們說。

「沒那麼嚴重。」唐早晨說。

陳力達的妻子在上面問：「唐早晨這一次勾引上的女人叫什麼名字？」

我們就去問唐早晨：「是哪個女人？」

唐早晨說：「你們別這麼喊來喊去的，讓那麼多人聽到，沒看到他們都在笑嗎？把我搞得臭名昭著。」

陳力達的妻子問：「唐早晨在說些什麼？」

我說：「他讓我們別再這麼喊來喊去了，要不他就會臭名昭著了。」

「他早就臭名昭著了。」陳力達的妻子在上面喊道。

「是啊。」我們同意她的話，我們對唐早晨說：「其實你早就臭名昭著了。」

「他媽的。」唐早晨罵了一聲。

「他又說了什麼？」陳力達的妻子又問。

「他說你說得對。」我們回答。

就這樣，唐早晨的朋友們總算是到齊了，在這個八月的夜晚，氣溫高達攝氏三十四度，五個人走在了仍然發熱的街道上，向唐早晨的家走去。在路上，我們問唐早晨守在他家樓下的男人是誰？他說他不認識。我們又問他這個男人的妻子是誰？他說我們不認識。我們最後問他：他是怎麼和那個有夫之婦勾搭上的？他說：

「這還用問，不就是先認識後上床嘛。」

「就這麼簡單？」我們問。

唐早晨對我們的提問顯得不屑一顧，他說：

「你們就是把這種事想得太複雜了，所以你們一輩子只配和一個女人睡覺。」

然後我們在一家商店的門口，喝起了冰鎮的飲料。我們商量著如何對付那個悲憤的丈夫。李樹海說不用理睬他，我們四個人只要把唐早晨送到家，讓他知道唐早晨有我們這樣四個朋友，他以後就不敢輕舉妄動了；方宏認為還是應該和他說幾句話，讓他明白找唐早晨其實沒有意思，他應該去找自己的妻子算帳；我說如果打起來的話，我們怎麼辦？陳力達說如果打起來了，我們站在一邊替唐早晨助威就行了。陳力達覺得有我們四個人撐腰，唐早晨有絕對獲勝的把握。

我們議論紛紛的時候，唐早晨一言不發，當我們去徵求他的意見時，才發現他正在向一個漂亮姑娘暗送秋波。我們的話，他一句都沒有聽進去。我們看到唐早晨眼睛閃閃發亮，在他右側兩米遠的地方，一個秀髮披肩的姑娘也在喝著飲料，這個姑娘穿著黑色的背心和碎花的長裙。我們看著她時，她有兩次轉過頭來看看我們，當然也去看了看唐早晨，她的目光顯得漫不經心。她喝完飲料以後，將可樂瓶往櫃檯上一放，轉身向前走去了。她轉身時的姿態確實很優美。我們看著她走上了街道，然後我們吃驚地看到唐早晨跟在了她的身後，唐早晨也走去了。我們不由叫了起來：

「唐早晨……」

唐早晨回過身來，向我們嘿嘿一笑，接著緊隨著那個漂亮姑娘走去了。

我們是瞠目結舌，我們知道他要去追求新的幸福了。可是現在是什麼時候？一個滿腔怒火的男人正守在他家樓下，這個男人正咬牙切齒地要置他於死地。他把我們從家裡叫出來，讓我們走得汗流浹背，讓我們保護他回家，他自己卻忘記了這一切，把我們扔在一家商店的門前，不辭而別了。

於是我們破口大罵，我們罵他不可救藥，我們罵他是一個混蛋王八蛋，我們罵他不得好死，我們罵他總有一天會染上梅毒，會被梅毒爛掉。同時我們發誓以後再不管他的閒事了，他就是被人打斷了腿，被人揍瞎了眼睛，被人閹割了，我們也都視而不見。

我們罵得大汗淋漓，罵得沒有了力氣，然後才安靜下來。我們站在那裡，互相看來看去，看了一會兒，我們開始想接下去幹什麼？我問他們：

「是不是各自回家了？」

他們誰都沒有回答，我突然發現自己的提議十分愚蠢，我立刻糾正道：

「不，我們現在不回家。」

他們三個人也馬上明白了我的意思，他們說：

「對，我們不忙著回家。」

我們都想起來了，我們已經有幾年時間沒有聚到一起了，如果不是因為唐早晨，我們的妻子是不會讓我們出來的，我們都突然發現了這樣的機會來之不易，然後我們都看到了街道對面有一家小酒店，我們就走了過去。

這一天晚上，我們終於又在一起喝上酒了，我們沒完沒了地說話，我們忘記了時間的流逝，我們誰都不想回家。我們一遍又一遍地回憶著過去，回憶著那些沒有女人來打擾的日子。那時候是多麼美好，我們唱著歌在大街上沒完沒了地走；我們對著那些漂亮姑娘說著下流的話；我們將街上的路燈一個一個地消滅掉；我們在深更半夜去敲響一扇扇的門，等他們起床開門時，我們已經逃之夭夭；我們把自己關在門窗緊閉的屋子裡，使勁地抽菸，讓煙霧愈來愈濃，直到看不清對方的臉；我們不知道幹了多少壞事？我們不知道把自己的肚子笑疼了多少回？我們還把所有的錢都湊起來，全部買了啤酒，我們將一個喝空了的酒瓶扔向天空，然後又將另一個空酒瓶扔上去，讓兩個酒瓶在空中相撞，在空中破碎，讓碎玻璃像冰雹一樣掉下來。我們把這種遊戲叫做空中爆炸。

在橋上

「我們……」

他說著把臉轉過來，陽光在黑色的眼鏡架上跳躍著閃亮。她感到他的目光像一把梯子似的架在她的頭髮上，如同越過了一個草坡，他的眼睛眺望了過去。她的身體離開了橋的欄杆，等著他說：

「我們回去吧。」

或者說：「我們該回家了。」

她站在那裡，身體有些繃緊了，右腿向前微微彎曲，渴望著跨出去。可是他沒有往下說。
他依然斜靠在欄杆上，目光飄來飄去，就像斷了線的風箏一樣。她放鬆了綳緊的身體，問他：
「你在看什麼？」
他開始咳嗽，不是那種感冒引起的咳嗽，是清理嗓子的咳嗽。他準備說什麼？她看到他的牙齒爬了上來，將下嘴唇壓了下去。一群孩子喊叫著，揮舞著書包湧到橋上，他們像一排棲落在電線上的麻雀，整齊地撲在欄杆上，等一支長長的船隊突突響著來到了橋下。
當柴油機的黑煙在橋上瀰漫過後，孩子們的嘴噼噼啪啪地響了起來，白色的唾沫盪著秋千飛向了船隊，十多條駁船輪流駛入橋洞，接受孩子們唾沫的沐浴。站在船頭的人揮舞著手，就像擋開射來的利箭一樣，抵擋著唾沫。他們只能用叫罵來發洩無可奈何的怒氣，在這方面，他們豢養的狗做得更為出色，汪汪吼著在船舷上來回奔跑，如同奔跑在大街上，狗的表演使孩子們目瞪口呆，他們忘記了自己的惡作劇，驚奇地咧嘴看著，發出了格格的笑聲。
他又說：「我們……」

她看著他，等著他往下說。

大約有一個星期了，他突然關心起她的例假來了，這對他是從未有過的事。他們的婚姻持續了五年以後，這一天他躺在床上，那是中午的時候，衣服沒脫，還穿著鞋，他說不打算認真地睡覺，他抱著被子的一個角斜著躺了下去，打著呵欠說：

「我就隨便睡一下。」

她坐在靠窗的沙發上，為他織著一條圍巾，雖然冬天還遠著呢，可是，用她的話說是有備才能無患。冬天的陽光從窗口照射進來，使她感到脖子上有一股微微發癢的溫暖，而且使她的左手顯得很明亮。這一切和躺在床上呼呼睡著的丈夫，讓她心滿意足。

這時，她的丈夫，那位卡車司機霍地坐了起來，就像卡車高速奔跑中的緊急煞車一樣突然，他問：

「它來了沒有？」

她嚇了一跳，問道：「誰來了？」

他沒有戴眼鏡的雙眼突了出來，焦急地說：

「例假，月經，就是老朋友。」

她笑了起來，老朋友是她的說法，她和它已經相處了十多年，這位老朋友每個月都要來問候她，問候的方式就是讓她的肚子經常抽搐。她搖搖頭，老朋友還沒有來。

「應該來了。」他說著戴上了眼鏡。

「是應該來了。」她同意他的話。

「可他媽的為什麼不來呢？」

他顯得煩躁不安。在這樣的一個溫和晴朗的中午，他睡得好好的突然跳起來，結果什麼事都沒有，只是為了問一下她的例假是否來了。她覺得他的樣子很滑稽，就笑出了聲音。他卻是心事重重，坐在床沿上歪著腦袋說道：

「媽的，你是不是懷上了？」

她不明白他為什麼是這樣的表情，即便懷上了孩子也不是什麼壞事，他把她娶過來的時就這樣說過：

「你要給我生個兒子，我要兒子，不要女兒。」

她說：「你不是想要一個兒子？」

「不。」他幾乎是喊叫了出來。「不能有孩子，這時候有孩子我就……就不好辦了。」

「什麼不好辦？」她問，又站起來說，「我們是合法夫妻……我又不是偷偷爬到你床上的，我是你敲鑼打鼓迎回家的，有什麼不好辦？你忘了你還租了兩輛轎車，三輛麵包車……」

「我不是這個意思。」他擺手打斷她的話。

「那是什麼意思？」

在後來的一個星期裡，他著了魔似的關心著她的那位老朋友，每次出車後回家，如果那時候她在家中的話，就肯定會聽到他急促響亮的腳步聲，在樓梯上隆重地響過來，其間夾雜著鑰匙互相碰撞的清脆之聲，所以他能很快地打開屋門，出現在她的面前，眼睛向陽台張望，然後沮喪地問她：

「你沒洗內褲？」

得到肯定的回答後，他還會以殘存的希望再次問她：

「它來了嗎？」

「沒有。」她乾脆地回答他。

他一下子變得四肢無力了，坐在沙發裡嘆息道：

「我現在是最不想做父親的時候。」

他的模樣讓她感到費解，他對她懷孕的害怕使她覺得他不像個正常人，她說：

「你究竟是怎麼了？你為什麼這麼怕我懷孕？」

這時候他就會可憐巴巴地看著她，什麼話都不說。她心軟了，不再去想這些，開始為他著想，安慰他：

「我才推遲了五天，你忘了，有一次它晚來了十天。」

他的眼睛在鏡片後面一下子閃亮了：「有這樣的事？」

她看他的臉上出現了天真的笑容，在昨天，他就是這樣天真笑著問她：

「你用衛生棉了嗎？」

她說：「還沒到時候。」

「你要用。」他說。「你不用衛生棉，它就不會來。」

「哪有這種事。」她沒在意他的話。

他急了，叫道：「釣魚不用魚餌的話，能釣上魚嗎？」

她用上了衛生棉，他以孩子般的固執讓她這麼做了。她一想到這是在釣魚，內褲裡夾著的衛生棉，在她丈夫眼中就是魚餌，她忍不住會笑出聲來。要不是他天真的神態，她是絕不會這樣做的。有時候她也會想到在過去的五年裡，他從來沒有這樣關心過她的那位老朋友何時來到，就是在一次午睡裡突然醒來後，他像是變成了另一個人。她沒有細想這變化意味著什麼，而是感到自己也被這遲遲未到的例假弄得緊張起來。在此之前，她從來沒把這事放在心上，最多是在肚子抽搐的時候有幾聲抱怨，現在她必須認真對待了，她開始相信自己有可能懷孕了。

而且，他也這樣認為了，他不再指望衛生棉能讓月經上鉤。

「肯定懷上了。」他說，然後笑道，「你得辛苦一下了。」

她知道他在說什麼，讓冰冷的手術器械插入她的子宮，就是他所說的辛苦一下。她說：

「我要這個孩子。」

「你聽我說。」他坐到了沙發裡，顯得很有耐心。「現在要孩子還太早，我們沒有足夠的錢，你一個月掙的錢只夠給保母的工錢，孩子一個月起碼花你兩個月的錢。」

她說：「我們不請保母。」

「你想累死我。」他有些煩躁了。

「不會讓你受累的，我自己來照管孩子。」

「你自己都還是個孩子，一個孩子已經夠我受了，要是兩個孩子……」他坐到了沙發裡，悲哀地說：「我怎麼活啊。」

接著，他站起來揮揮手，表示已經決定了，說道：

「打掉吧。」

「又不是你去打胎。」她說，「疼也不會疼著你。」

「你才二十四歲，我只比你大一歲，你想想……」

這時候他們兩個人正朝醫院走去，那是在下午，顯然他們已經確定懷上了，他們去醫院只是為了最後證實。街上行人不多，他壓低了嗓音邊走邊說：

「你想想，現在有了孩子，我們五十歲不到就會有孫子了，你四十歲就做奶奶了，那時候你長相、身材什麼的都還沒變，在街上一走，別人都還以為你才三十出頭，可你做上奶奶了，這多無聊。」

「我不怕做奶奶。」她扭頭說道。

「可是我怕做爺爺。」他突然吼叫了起來，看到有人向這裡望來，他壓低聲音氣沖沖地說：「他媽的，這幾天我白費口舌了。」

她微微一笑，看著他鐵青的臉說：

「那你就什麼都別說。」

他們朝醫院走去，他的聲音還在她耳邊喋喋不休，進行著垂死掙扎，他想用雨滴來敲開石頭。她開始感到不安，她的丈夫這樣害怕自己的孩子來到，那麼若她把孩子生下，他不知道會怎樣？她的不安就從這裡開始。她站住了腳，覺得肚子裡出現了抽搐，她彷彿聽到了流動的響聲，一股暖流緩緩而下。她知道這是什麼，於是鬆了口氣，她不會感到不安了，她丈夫也不會怒氣沖沖了。她說：

「不要去醫院了。」

他還在說服她，聽到她的話後，他疲憊地揮揮手，以為她生氣了，就說：

「行啦，我不說啦。」

她說：「老朋友來了。」

說完她笑了起來，他瞠目結舌地看著她。然後她向右前方的廁所走去，他站在影劇院的台階旁等著她。當她微笑著走出來，在遠處就向他點頭後，他知道那位老朋友確實地來到了。他嘿嘿地笑了起來，這天下午他一直嘿嘿笑著，走到那座橋上才收起笑容。此後他突然變得嚴肅起來，陷入了沉思默想。

她站在他的身旁，看著那支長長的船隊遠去，孩子們也嘰嘰喳喳地離開了。他已經很長時間不說話了，剛才他說：「我們……」她以為他要回家了，可是他沒有抬起腳來。她輕輕笑了一下，她現在知道他想說什麼了，他會說：「別回家做飯了，我們去飯店。」他臉上會掛著得意洋洋的笑容，他會說：「我們應該慶祝一下，好好慶祝。」然後他的舌頭會伸出來迅速舔一下嘴唇，說道：「我得喝一扎生啤。」他總能找到慶祝的理由，就是在什麼理由都沒有的時候，他也會說：「今天心情好，該慶祝一下。」

這時候他一直飄忽不定的目光望到了她的臉上，他深深吸了口氣後說：

「我們……」

他停頓了一下，嗓音沙沙地繼續說道：

「我們離婚吧。」

她呆呆地看著他，像是沒有聽明白他的話，他將身體轉動了半圈，帶著尷尬的笑容說：

「我先走了。」

她半張著嘴，看著他將雙手插在褲袋裡彷彿是不慌不忙地走去，風吹過來把他的頭髮掀起。他的動作如此敏捷，在她還沒有來得及做出反應，他已經成功地擠入了下班的人流，而且還掩飾了自己的慌張。他走去時全身綳緊了，兩條腿邁出去就像是兩根竹竿一樣筆直，他感到膝蓋那地方不會彎曲了。可是在她眼中，他卻是若無其事地走去。

他的迅速逃跑，使她明白他的話不是一句玩笑，她感到呼吸裡出現了沙沙的聲響，就像是風吹在貼著紙的牆上那樣。

炎熱的夏天

「有男朋友會有很多方便，比如當你想看電影時，就會有人為你買票，還為你準備了話梅、橄欖，多得讓你幾天都吃不完；要是出去遊玩，更少不了他們，吃住的錢他們包了，還得替你背這扛那的……按現在時髦的說法，他們就是贊助商。」

溫紅說著眼睛向大街上行走的人望去。

這是一個夏日之夜，黎萍洗完澡以後穿著睡裙躺在籐榻裡，她就躺在屋門外的街上。那條本來就不算寬敞的街道被納涼的人擠得和走廊一樣狹窄，他們將竹床、籐椅什麼的應該是放在屋中的家具全搬到外面來了，就是蚊帳也架到了大街上，他們發出嗡嗡的響聲，彷彿是油菜花開放時蜜蜂成群而來。這街道上擁擠的景象，很像是一條長滿茂盛青草的田埂。黎萍躺在籐榻裡，她的長髮從枕後披落下來，地上一台電扇仰起吹著她的頭髮。溫紅坐在一旁，她說：

「我看見了一個贊助商。」

「是誰？」黎萍雙手伸到腦後甩了甩長髮。

「李其剛。」溫紅說道，「把他叫過來？」

黎萍突然咯咯笑了起來，她說：「那個傻瓜？」

溫紅說：「他看到我們了。」

黎萍問：「他在走過來？」

溫紅點點頭：「走過來了。」

黎萍說：「這傻瓜追求過我。」

溫紅壓低聲音：「也追求過我。」

兩個女人同時高聲笑了起來。那個名叫李其剛的男子微笑著走到她們面前，他問：

「什麼事這麼高興？」

兩個女人笑得更響亮了，她們一個彎著腰，另一個在籐榻裡抱住了自己的雙腿。李其剛很有風度地站在一旁，保持著自己的微笑，他穿著短袖的襯衣，下面是長褲和擦得很亮的皮鞋。他用手背擦著額上的汗，對她們說：

「他們都在看你們呢。」

一聽這話，兩個女人立刻不笑了，她們往四周看了看，看到一些人正朝這裡張望。溫紅挺直了身體，雙手托住自己的頭髮甩了甩，然後看看躺在籐榻裡的黎萍，黎萍這時坐起來了，她正將睡裙往膝蓋下拉去。李其剛對她們說：

「你們應該把頭髮剪短了。」

兩個女人看看他，接著互相看了一眼，李其剛繼續說：

「剪成小男孩式的髮型。」

溫紅這時開口了，她摸著自己的頭髮說：

「我喜歡自己的髮型。」

黎萍說：「我也喜歡你的髮型。」

溫紅看著黎萍的髮型說：

「你的髮型是在哪裡做的？」

黎萍說：「在怡紅做的，就是中山路上那家怡紅美髮廳。」

「做得真好，眼下歐洲就流行這髮型。」溫紅說。

黎萍點點頭，說道：

「這髮型是在進口畫報上看到的，那畫報上面沒有一個中國字，全是英文，我還看到你這種髮型，當時我還真想把頭髮做成你這樣的。你這髮型特別適合你的臉。」

「林靜她們也這麼說。」溫紅說著用手摸了摸自己的頭髮。

站在一旁的李其剛看到兩個女人互相說著話，誰都不來看他一眼，他就再次插進去說：

「還是男孩式的髮型好看，看上去顯得精神，再說夏天那麼熱，頭髮長了……」

李其剛還沒有說完，溫紅就打斷他，問他：

「你穿著長褲熱不熱？」

李其剛低頭看看自己的長褲，說道：

「這是毛料的長褲，穿著不熱。」

溫紅差不多驚叫起來：

「你穿的是毛料的長褲？」

李其剛點頭說：「百分之九十的毛料。」

溫紅看著黎萍說：「還是百分之九十的毛料？」

兩個女人咯咯笑了起來，李其剛微笑著看著她們，黎萍在籐榻裡坐起來，問李其剛：

「你為什麼不買百分之一百的純毛長褲？」

李其剛就蹲下去解了皮鞋帶，然後把左腳從皮鞋裡抽了出來，踩到黎萍的籐榻上，指著褲子熨出的那條筆直的線說：

「看到這條道路了嗎？要是百分之一百的毛料褲子就不會有這麼筆直的道路。」

黎萍說：「你可以熨出來。」

李其剛點著頭說：「是可以熨出來，可是穿到身上十分鐘以後，這條道路就沒有了。百分之一百的毛料褲子不好。」

溫紅這時伸手摸了摸李其剛的褲子，她說：

「這麼厚的褲子，就是百分之九十也熱。」

說完她看著黎萍：「你說呢？」

黎萍接過來說：「這褲子一看就厚，你剛才走過來時，我還以為你穿著棉褲呢。」

溫紅咯咯笑起來，她笑著說：

「我以為是呢料褲子。」

李其剛微笑著把那隻腳從黎萍籐榻上拿下來，塞到皮鞋裡，彎腰繫上了鞋帶，然後他說道：

「當然比起他們來……」

他指指幾個穿著西式短褲走過的年輕人說道：

「比起他們來是熱一些，長褲總比短褲要熱。」

他捏住褲子抖了抖，像是給自己的兩條腿搧了搧風似的，他繼續說：

「有些人整個夏天裡都穿著短褲，還光著膀子，拖著一雙拖鞋到處走，他們沒關係，我們就不行了，我們這些機關裡的國家幹部得講究個身分，不說是衣冠楚楚，也得是衣冠整潔吧？」

李其剛說到這裡從口袋裡掏出手帕擦了擦額上的汗，溫紅和黎萍相互看了看，她們都偷偷笑了一下，溫紅問他：

「你們文化局現在搬到哪裡去了？」

李其剛說：「搬到天寧寺去了。」

溫紅叫了起來：「搬到廟裡去啦？」

李其剛點點頭，他說：

「那地方夏天特別涼快。」

「冬天呢？」黎萍問他。

「冬天……」李其剛承認道：「冬天很冷。」

「你們文化局為什麼不蓋一幢大樓？你看人家財稅局、工商局的大樓多氣派。」溫紅說。

「沒錢。」李其剛說。「文化局是最窮的。」

溫紅問他：「那你就是機關裡最窮的國家幹部了？」

「也不能這樣說。」李其剛微笑著說。

黎萍對溫紅說：「再窮也是國家幹部，國家幹部怎麼也比我們有身分。」

黎萍說完問李其剛：「你說是嗎？」

李其剛謙虛地笑了笑，他對兩個女人說：

「不能說是比你們有身分，比起一般的工人來，在機關裡工作是體面一些。」

兩個女人這時咯咯笑了起來，李其剛又說到她們的髮型上，他再一次建議她們：

「你們應該把頭髮剪短了。」

兩個女人笑得更響亮了，李其剛沒在意她們的笑，他接著說：

「剪成紅花那種髮型。」

「誰的髮型？」溫紅問他。

「紅花，那個歌星。」李其剛回答。

兩個女人同時「噢」了一聲，黎萍這時說：

「我看不出紅花的髮型有什麼好。」

溫紅說：「她的臉太尖了。」

李其剛微笑地告訴她們：「一個月以後，我要去上海把她接到這裡來。」
兩個女人一聽這話愣住了，過了一會溫紅才問：
「紅花要來？」
「是的。」李其剛矜持地點了點頭。
黎萍問：「是來開演唱會？」
李其剛點頭說：「最貴的座位票要五十元一張，最便宜的也得三十元。」
兩個女人的眼睛閃閃發亮了，她們對李其剛說：
「你得替我們買兩張票。」
「沒問題。」李其剛說。「整個事都是我在聯繫，到時買兩張票絕對沒問題。」
黎萍說：「你就送給我們兩張票吧。」
溫紅也說：「就是，你手裡肯定有很多票，送我們兩張吧。」
李其剛遲疑了一下，然後說：
「行，就送給你們兩張。」
兩個女人同時笑了起來，黎萍笑著說：

「你要給我們五十元的票。」
溫紅說：「三十元的票，我們不要。」
黎萍說：「就是，別讓我們坐到最後一排座位，紅花的臉都看不清楚。」
李其剛又遲疑了一下，他擦了擦額上的汗，說道：
「我爭取給你們五十元的票。」
「別說爭取。」溫紅說。「你那麼有身分的人說『爭取』多掉價啊。」
黎萍笑著接過來說：「就是嘛，像你這麼有地位、有身分的人拿兩張好一點的票，還不是易如反掌。」
李其剛很認真地想了一會，說道：
「就這樣定了，給你們兩張五十元的票。」
兩個女人高興地叫了起來，李其剛微笑著看看手腕的錶，說他還有事要走了，兩個女人就站起來送了他幾步，等李其剛走遠後，她們差不多同時低聲說了一句：
「這個傻瓜。」
接著咯咯笑了起來，笑了一會，溫紅說：

「這傻瓜真是傻。」

黎萍說：「傻瓜有時也有用。」

兩個女人再一次咯咯地笑了起來，然後溫紅輕聲問黎萍：

「他什麼時候追求你的？」

「去年。」黎萍回答。「你呢？」

「也是去年。」

兩人又咯咯地笑了一陣，溫紅問：

「怎麼追求的？」

「打電話。」黎萍說。「他給我打了個電話，約我到文化局門口見面，說是有個活動，說從上海來了一個交誼舞老師，要教我們跳舞，我就去了……」

溫紅說：「你沒見到那個交誼舞老師。」

「你怎麼知道？」

「他也這樣約過我。」

「他也要你陪他散步？」

「是的。」溫紅說。「你陪他散步了嗎？」

黎萍說：「走了一會我問他是不是該去學跳舞了，他說不學跳舞，說約我出來就是一起走走，我問他一起走走是什麼意思？」

溫紅插進去說：「他是不是說互相了解一下？」

黎萍點點頭，問溫紅：

「他也這麼對你說？」

「是的。」溫紅說：「我問他為什麼要互相了解一下？」

「我也這樣問他？」

「他說他想和我交個朋友，我問他為什麼要交朋友？」

黎萍接過來說：「他就支支吾吾了。」

「對。」溫紅說。「他伸手去摸自己的嘴，摸了好一會，才說……」

黎萍學著李其剛的語氣說：「看看我們能不能相愛。」

兩個女人這時大聲笑了起來，都笑彎了身體，笑了足足有五、六分鐘才慢慢直起身體，黎萍說：

「聽他說到什麼相愛時，我是毛骨悚然。」

溫紅說：「我當時心裡就像被貓爪子抓住一樣難受。」

她們又大聲笑了，笑了一陣，溫紅問黎萍：

「你怎麼回答他？」

「我說我要回家了。」

「你還真客氣。」溫紅說。「我對他說：『蛤蟆想吃天鵝肉。』」

一個多月以後的傍晚，溫紅來到黎萍家，那時候黎萍正在鏡子前打扮自己，她剛剛梳完頭髮，開始描眉了，手裡拿著一枝眉筆給溫紅開了門，溫紅看到她就問：

「要出去？」

黎萍點點頭，她坐回到鏡子前，說道：

「去看一場電影。」

溫紅警覺地問她：「和誰一起去？」

黎萍笑而不答，溫紅就高聲叫起來，她說：

「你有男朋友了……他是誰？」

黎萍說：「過一會你就會知道。」

「好啊。」溫紅打了黎萍一下。「有男朋友了也不告訴我。」

黎萍說：「這不告訴你了嗎？」

「那我就等著見他吧。」

溫紅說著在旁邊的沙發裡坐了下來，她看著黎萍化妝，黎萍往嘴唇上塗著口紅說道：

「這進口的口紅真不錯。」

溫紅想起了什麼，她說：

「我上午遇到李其剛了，他戴了一根進口的領帶，那領帶真是漂亮……」

黎萍說：「是那位大歌星紅花送給他的。」

「對，他告訴我是紅花送的。」溫紅說道，然後有些警覺地問黎萍：

「你怎麼知道的？」

黎萍雙手按摩著自己的臉說：「他告訴我的。」

溫紅笑了笑，她說：

「你知道嗎？紅花喜歡上李其剛了。」

溫紅看到黎萍在鏡子裡點了點頭，她就問：

「你也知道？」

「知道。」黎萍回答。

「是他自己告訴你的？」

「是啊。」

「這個李其剛……」溫紅似有不快地說道。「他讓我誰也別說，自己倒去和很多人說了。」

「他沒和很多人說，不就我們兩個人知道嗎？」黎萍為李其剛辯護道。

「誰知道呢？」溫紅說。

黎萍站起來，開始試穿放在床上的一條裙子，溫紅看著她穿上，黎萍問她：

「怎麼樣？」

「很不錯。」溫紅說，接著問道：

「他和你說了多少？」

「什麼？」

「就是紅花追求他的事。」

「沒多少。」黎萍回答。

溫紅看著黎萍的身體在鏡子裡轉來轉去，她又問：

「你知道他和紅花在飯店裡待了一個晚上嗎？」

黎萍一聽這話霍地轉過身來，看著溫紅說：

「他連這些也告訴你了。」

「是的。」溫紅有些得意，隨即她馬上發現了什麼，立刻問黎萍：

「他也告訴你了？」

黎萍看到溫紅的神色有些異常，就轉過身去，若無其事地說道：

「是我問他的。」

溫紅微微笑了起來，她說：

「我沒問他，是他自己告訴我的。」

黎萍低著頭偷偷一笑，溫紅將手臂伸開放到沙發的靠背上，她看著黎萍的背影說：

「這個李其剛還是很有風度的，你說呢？」

「是啊。」黎萍說。「要不像紅花這樣漂亮，又這樣有名的女人怎麼會喜歡他？」

溫紅點著頭，她將伸開的手臂收回來放到胸前，說：
「其實紅花並不漂亮，遠著看她很漂亮，湊近了看她就不是很漂亮。」
「你什麼時候湊近了看過她？」
「我沒有。」溫紅說。「是李其剛告訴我的。」
黎萍臉上出現了不快的神色，她問：
「他怎麼對你說的？」
溫紅顯得很高興，她說：
「他說紅花沒有我漂亮。」
「沒有你漂亮？」
「沒有我們漂亮。」溫紅補充道。
「我們？」
「你和我。」
「他說到我了嗎？」
「說到了。」
「可你一開始沒這麼說。」

溫紅有些吃驚地看著黎萍，她說：

「你不高興了？」

「沒有。」黎萍趕緊笑了笑，然後轉過身去，看著鏡子裡的自己，她用左手擦了擦眼角。

溫紅繼續說：「他們兩個人在飯店裡待了一個晚上，你說會做些什麼？」

「我不知道。」黎萍說。「他沒告訴你？」

「沒有。」溫紅試探地回答。

黎萍就說：「可能什麼都沒有發生。」

「不。」溫紅說。「他們摟抱了。」

「是紅花抱住他的。」黎萍立刻說。

隨後，兩個女人都怔住了，她們看著對方，看了一會，黎萍先笑了，溫紅也笑了笑，黎萍坐到了椅子裡，這時有人敲門了，黎萍正要站起來，溫紅說：

「我替你去開門。」

說著溫紅走了過去，將門打開，她看到衣冠楚楚的李其剛面帶笑容站在門外。李其剛顯然沒有想到是溫紅開的門，不由一愣，隨後他的頭偏了偏，向裡面走過來的黎萍說：

「你真漂亮。」

溫紅聽到黎萍咯咯笑了，黎萍經過她身旁走到了門外，伸手抓住門的把手，等著溫紅走出來，溫紅突然明白過來，趕緊走到門外，黎萍關上了門。

三個人站在街道上了，黎萍挽住李其剛的手臂，李其剛問溫紅：

「你有電影票嗎？」

溫紅搖搖頭，她說：

「沒有。」

這時黎萍挽著李其剛轉過身去了，他們走了兩步，黎萍回過臉來對溫紅說：

「溫紅，我們走啦，你常來玩。」

溫紅點了點頭，看著他們往前走，等他們走出了二十來米遠，她轉身向另一個方向走去，走了一會兒，她低聲對自己說：

「哼。」

他們的兒子

星期六下午五點的時候，三百多名男女工人擠在機械廠的大門口，等待著下班鈴聲響起來，那扇還是緊閉的鐵門被前面的人拍得嘩啦嘩啦響，後面的人嗡嗡地在說話，時而響起幾聲尖利的喊叫。這些等待下班的工人就像被圈在柵欄裡的牲口，在傍晚暗淡下來的光芒裡，無所事事地擠在了一起，擠在冬天呼嘯著的風中。他們身後廠房的幾排寬大的窗戶已經沉浸到了黑暗之中，廠房的四周空空蕩蕩，幾片揚起的灰塵在那裡飄蕩著。

今年五十一歲的石志康穿著軍大衣站在最前面，正對著兩扇鐵門關起來以後出現的一條縫，那條縫隙有大拇指一樣寬，冬天的寒風從那裡吹進來，吹在他的鼻子上，讓他覺得自己的鼻子似乎比原先小了一些。

石志康的身邊站著管大門的老頭，老頭的腦袋上光禿禿的，被寒風吹得微微有些發紅，老頭穿著很厚的棉衣，棉衣外面裹著一件褪了色的工作服，一把像手那麼大的鑰匙插在胸前的口袋裡，露出半截在外面，很多人嚷嚷著要老頭把鐵門打開，老頭像是沒有聽到似的，望望這邊，看看那裡，誰衝著他說話，他就立刻把臉移開。直到下班的鈴聲響起來，老頭才伸手把胸前的鑰匙取出來，最前面的人身體都往後靠了靠，給他讓出一個寬敞的地方，他走上去，在他將鑰匙插進鎖孔之前，胳膊肘往後擺了幾下，沒有碰到什麼後才去開鎖。

石志康第一個走出了工廠的大門，他向右疾步走去，他要走上一站路，在那裡上電車。其實這一趟電車在工廠大門外就有一站，他往前走上一站，是為了避開和同廠的工人擠在一起。起碼有四十多個工人將在那裡擠著推著上同一趟電車，而電車到他們廠門口時已經有滿滿一車人了。

石志康往前走去時心裡想著那四十多個同廠的工人，他不用回頭就能想像出他們圍在廠門外那個站牌四周的情形，就像剛才擠在工廠大門前那樣，這中間有十來個身強體壯的年輕人，還有十多個是女工，這十多個女工中間有三個是和他同時進廠的，現在她們身上都帶著病，一個心臟不好，兩個有腎病。

他這麼想著看到了前面的站牌，一輛電車正從更前面的大街上駛過來，他立刻把插在口袋裡的兩隻手拿出來，手甩開以後跑起來快，他和電車差不多同時到了站牌前。

那裡已經站了三堆人了，電車慢慢駛過來，那三堆人就跟著電車的三個車門移過來，電車停下後，三堆人也停下不動了。車門一打開，車上的人像是牙膏似的連成一條緊貼著擠了出來，然後下面的人圓圓一團地擠了進去。

當電車來到石志康所在工廠的大門口時，他已經擠到電車的中間，他的兩條胳膊垂直地放在幾具貼著的身體所留出的縫隙裡。電車沒有在他工廠的這一站停下，直接駛了過去。

他看到站牌四周站著的同工廠工人已經沒有四十來個了，最多只有十五、六人，另外還有七、八個陌生的人，他心想在這趟車之前起碼有一兩趟車經過了。那三個體弱的女工顯然擠不上剛才經過的車，此刻還站在那裡，就站在站牌前，心臟不好的那個在中間，兩個有腎病的在兩側，三個人緊挨著，都穿著臃腫的棉大衣，都圍著黑毛線織成的圍巾，寒風將她們三人的頭髮吹得胡亂飄起，逐漸黑下來的天色使她們的臉像是燒傷似的模糊不清了。

電車駛過去時，石志康看到她們三個人的頭同時隨著電車轉了過來，她們是在看著他所乘坐的電車駛去。

坐了九站以後，石志康下了電車，他往回走了三十多米，來到另一個站牌下，他要改乘公交車了。這時候天色完全黑了，路燈高高在上，燈光照到地面上時已經十分微弱，倒是街兩旁商店的燈光很明亮，鋪滿了人行道，還照到了站牌周圍。

站牌前已經有很多人，最前面的人差不多站到馬路中間了，石志康走到了他們中間，一輛中巴駛過來，車門打開後一個胸前掛著帆布包的男子探出頭來喊著：

「兩塊錢一位，兩塊錢一位……」

有兩個男的和一個女的上了中巴，那個男子仍然探著頭喊叫：

「兩塊錢一位……」

這時公交車在前面拐角的地方出現了，中巴上喊叫的男子看到公交車來了，立刻縮回了腦袋，關上車門後中巴駛出了等車的人群，公交車隆隆地駛了過來。

石志康迅速地插到了最前面，然後微微伸開兩條胳膊，隨著公交車的駛過來而往後使勁退去，在他後面的一些人都被擠到了人行道上，最前面的車門從他身前滑了過去，他判斷著車速向前移動著，估計自己會剛好對上中間的車門，結果公交車突然煞車，使他沒對上中間的車門，差了有一、二米。他從最前面掉了出來，差不多掉到了最外面。

車門打開後，只下來了三個人。石志康往中間移了兩步，將兩隻手從前面的人縫裡插進去，在往車上擠的時候，他使出了一個鉗工所應該有的胳膊上的力氣，將前面人縫一點點擴大，自己擠進了縫中，然後再繼續去擴大前面的人縫。

石志康用自己全部的力氣將前面的人往兩側分開，又借著後面的人所使出的勁，把自己推到了車門口，當他兩隻腳剛剛跨到車子上時，突然背後有人抓住了他的大衣領子，一把將他拉了下來，他一屁股坐到了地上，頭撞在了一個人的腿上，那個人的腿反過來再把他的頭給撞了一下，他抬頭一看，是一個姑娘，姑娘很不高興地看了他一眼，就把眼睛移開了。

石志康站起來時，公交車的車門關上了，車子開始駛去，一個女人的手提包被車門夾住，露出一個角和一截帶子，那一截帶子搖搖晃晃地隨著公交車離去。

他轉過身來，想知道剛才是誰把他一把拉了下來，他看到兩個和他兒子一樣年輕的小伙子正冷冷地看著他，他看了看這兩個年輕人，又去看另外那些沒有擠上車的人，他們有的也正看著他，有的看著別處。他想罵一句什麼，轉念一想，還是別罵了。

後來同時來了兩輛車，石志康上了後面那一輛。這次他沒有在離家最近的那一站下車，而是在前面兩站下了車。那裡有一個人天天騎著一輛板車，在下午三、四點鐘來到公交車的站牌下賣豆腐，他的豆腐比別處的豆腐都要香。石志康在紡織工廠的妻子，要他下班回來時，順便在那裡買兩斤豆腐，因為今天是星期六，他們在大學念三年級的兒子將回家來過週末。

石志康買了豆腐後，不再擠車了，而是走了兩站多路回家，他回到家中時，已經快到七點了，他的妻子還沒有回來，他心裡很不高興。他妻子四點半就應該下班了，而且回家的路也比他近。要是往常這時候，他妻子飯菜都差不多做好了，現在他只能餓著肚子來到廚房，開始洗菜切肉。

他妻子李秀蘭回來時，手裡提了兩條魚，她一進屋看到石志康正在切肉，急忙問他：
「你洗手了沒有？」
石志康心裡有氣，就生硬地說：
「你沒看到我手是濕的。」
李秀蘭說：
「你用肥皂了嗎？現在街上流行病毒性感冒，還有肺炎，一回家就得用肥皂洗手。」
石志康鼻子裡哼了一下，說：
「那你還不早點回家？」
李秀蘭把兩條魚放到水槽裡，她告訴石志康，這兩條魚才花了三塊錢，她說：
「是最後兩條，他要五塊，我硬是給了他三塊錢。」
石志康說：
「買兩條死魚還要那麼長時間？」
「死了沒多久。」

李秀蘭給他看魚腮：

「你看，魚腮還很紅。」

「我是說你。」

他指指手錶，直起嗓子說：

「都七點多了，你才回來。」

李秀蘭的嗓子也響了起來，她說：

「怎麼啦？我回來晚又怎麼啦？你天天回來比我晚，我說過你沒有？」

石志康問她：

「我下班比你早？我的廠比你的廠近？」

李秀蘭說：

「我摔了。」

李秀蘭說著將手中的魚一扔，轉身走到房間裡去了，她說：

「我從車上摔下來，我半天都站不起來，我在大街旁坐了有三、四十分鐘，人都快凍僵了……」

石志康把正在切肉的刀一放，也走了過去：

「你摔了？我也摔了一跤，我被人揑住衣領……」

石志康話說了一半，就不說了，他看到李秀蘭褲管捲起來後，膝蓋旁有雞蛋那麼大一塊烏青，他彎下腰用手摸了摸，問她：

「怎麼摔的？」

李秀蘭說：

「下車的時候，後面的人太擠，把我撞了下來。」

這時候他們的兒子回來了，他穿著一件大紅的羽絨服，一進屋看到母親腿上的傷，也像父親那樣彎下腰，關切地問：

「是摔了一跤？」

然後邊脫著羽絨服邊說：

「你們應該補充鈣，現在不僅嬰兒要補鈣，上了年紀的人也要補鈣，你們現在骨質裡每天都在大量地流失鈣，所以你們容易骨折……要是我從公交車上被推下來，就絕對不會有那麼大的一塊烏青。」

他們的兒子說著打開了電視，坐到沙發裡，又塞上袖珍收音機的耳機，聽起了音樂台的調頻節目。

石志康問他兒子：

「你這是在看電視呢？還是在聽收音機？」

他兒子轉過臉來看了他一眼，像是沒有聽清父親在說些什麼，又把臉轉了回去。這時他母親說話了，李秀蘭說：「你洗手了沒有？」

他轉過臉來，拿下一只耳機問他母親：

「你說什麼？」

「你快去洗手。」李秀蘭說，「現在正流行病毒性感冒，公交車上最容易傳染病毒，你快去洗手，要用肥皂。」

「我不用洗手。」他們的兒子將耳機塞到耳朵裡，然後說：「我是坐出租車回來的。」

這天晚上，石志康一直沒有睡著，他的妻子李秀蘭已經有五個月只拿一百多元薪水，他的情況好一些，也就是拿四百來元，兩個人加起來還不到六百，可是現在大米已經漲到一元三角一斤了，豬肉每斤十二元，連辣椒都要三元錢一斤。就是這樣，他們每個月仍然給兒子三百元生活費，給自己才留下兩百多元。然而，他們的兒子在週六回家的時候竟然坐著出租車。

李秀蘭也沒有睡覺，她看到石志康總是在翻身，就問他：

「你沒睡著？」

「沒有。」石志康回答。

李秀蘭側過身去問他：

「兒子坐著出租車回家要花少錢？」

「不知道，我沒坐過出租車。」

石志康接著又說：

「我想最少也要三十元。」

「三十元？」李秀蘭心疼地叫了一聲。

石志康嘆息了一聲，說道：

「這可是我們從牙縫裡挖出來的錢。」

兩個人不再說什麼，過了一會石志康先睡著了，沒多久李秀蘭也睡了過去。

第二天上午，他們的兒子和昨天一樣戴上兩個耳機，聽著音樂在看電視，石志康和李秀蘭決定和兒子好好談一次話，李秀蘭在兒子身邊坐下，石志康搬了一把椅子坐在他們面前，石志康對兒子說：

「我和你媽想和你談一談。」

「談什麼？」他們的兒子因為戴著耳機，所以說話響亮。

石志康說：

「談談家裡的一些事。」

「說吧。」他們的兒子幾乎是在喊叫。

石志康伸手把兒子右邊的耳機拿了下來，他說：

「這幾個月裡，家裡發生了一些事，本來不想告訴你，怕影響你學習……」

「家裡出了什麼事？」他們的兒子取下另一耳機，問道。

「也沒什麼。」石志康說，「從這個月開始，我們廠裡就沒有夜班了，三百多個工人要有一半下崗，我倒不怕，我有技術，廠裡還需要我……主要是你媽，你媽現在每個月只拿一百多元錢，她離退休還有四年，如果現在提前退休的話，每個月能拿三百元錢，可以連著拿三年……」

「提前退休就能多拿錢？」他們的兒子問。

他們點了點頭，他們的兒子就說：

「那就退休吧。」
石志康說：
「我和你媽也是這樣想。」
「退休吧。」
他們的兒子說著又要把耳機戴上去，石志康看看李秀蘭，李秀蘭說：
「兒子，現在家裡的經濟不如過去了，以後可能還要更差……」
戴上了一只耳機的兒子問：
「你說什麼？」
石志康說：
「你媽說家裡的經濟不如過去了……」
「沒關係。」兒子揮了一下手，「國家的經濟也不如過去了。」
石志康和李秀蘭互相看了看，石志康說：
「我問你，你昨天為什麼要坐出租車回來？」
他們的兒子不解地看著他們，石志康又說：
「你為什麼不坐公交車？」

兒子說：

「公交車太擠了。」

「太擠了？」

石志康指著李秀蘭：

「我和你媽天天都是擠著公交車回家，你那麼年輕，還怕擠？」

「擠倒是不怕，就是那氣味太難聞了。」

兒子皺著眉繼續說：

「我最怕去聞別人身上的氣味，在公交車裡，那麼多人擠著你，逼著你去聞他們身上的氣味，那時候香水味都是臭的，還常有人偷偷放個屁……」

兒子最後說：

「每次擠公交車我都想嘔吐。」

「嘔吐？」

李秀蘭吃了一驚，然後問：

「兒子，你是不是病了？」

「沒病。」兒子說。

李秀蘭看著石志康說：
「會不會是胃病？」
石志康點了點頭，對兒子說：
「你胃疼嗎？」
「我沒病。」兒子有些不耐煩了。
李秀蘭問：
「你現在每天吃多少？」
他們的兒子喊叫起來：
「我沒有胃病。」
石志康繼續問：
「你睡眠好嗎？」
石志康又對李秀蘭說：
「沒睡好覺的話，就想嘔吐。」
他們的兒子伸出十個指頭：
「我每天睡十個小時。」

李秀蘭還是不放心：

「兒子，你還是去醫院檢查一下。」

「我說過了，我沒有病。」

他們的兒子叫著站了起來：

「不就是坐了次出租車嗎？我以後不坐出租車了……」

石志康說：

「兒子，我們也不是心疼那幾個錢，我們是為你好，你馬上就要工作了，你自己掙了錢，就會明白錢來得不容易，就會節約……」

「是啊。」

李秀蘭接過來說：

「我們也沒說不讓你坐出租車。」

「我以後肯定不坐出租車了。」

他們的兒子說著坐回到沙發裡，補充道：

「我以後坐自己買的車。」

然後他將兩個耳機塞到耳朵裡，說道：

「我們班上很多同學經常坐出租車。」

李秀蘭聽了這話對石志康說：

「他的同學經常坐出租車。」

看到石志康點了點頭，她就說：

「別人家的兒子能坐出租車，我們的兒子為什麼不能坐？」

石志康說：

「我也沒說不讓他坐出租車。」

這時候他們的兒子可能聽到了一首喜歡的流行歌曲，晃著腦袋也唱了起來。看著兒子搖頭晃腦的模樣，他們相視而笑了。以後的日子也許會愈來愈艱難，他們並不為此憂心忡忡，他們看到自己的兒子已經長大了。

蹦蹦跳跳的遊戲

在街頭的一家專賣食品和水果的小店裡，有一張疲憊蒼老的臉，長年累月和餅乾、方便麵、糖果、香菸、飲料們在一起，像是貼在牆上的陳舊的年曆畫，這張臉的下面有身體和四肢，還有一個叫林德順的姓名。

現在，林德順坐在輪椅裡，透過前面打開的小小窗口，看著外面的街道，一對年輕的夫婦站在街對面的人行道上，他們都是側身而立，他們中間有一個六、七歲的小男孩，男孩穿著很厚的羽絨服，戴著紅色的帽子，脖子上紮著同樣紅色的圍巾。可是現在正是春暖花開的季節，男孩卻是一身寒冬的打扮。

他們三個人站在街道的對面，也就是一家醫院的大門口，他們安靜地站在嘈雜進出的人群中間，做為父親的那個男人雙手插在口袋裡，側著臉始終望著大門裡面的醫院，他的妻子右手拉著男孩的手，和他一樣專注地望著醫院，只有那個男孩望著大街，他的手被母親拉著，所以他的身體斜在那裡，男孩的眼睛熱愛著街道，他的頭顱不停地搖擺著，他的手臂也時常舉起來指點著什麼，顯然他還在向他的父母講述，可是他的父母站在那裡一動不動。

過了一會，男孩的父母迎向了醫院的大門，林德順看到一個發胖的護士和他們走到了一起，站住腳以後，他們開始說話了。男孩的身體仍然斜著，他仍然在歡欣地注視著街道。

那個護士說完話以後，轉身回到了醫院裡面，男孩的父母這時候轉過身來，他們拉著兒子的手小心翼翼地走過街道，來到了林德順小店的近旁。父親鬆開兒子的手，走到林德順的窗口，向裡面張望。林德順看到一張滿是鬍子茬的臉，一雙缺少睡眠的眼睛已經浮腫了，白襯衣的領子變黑了。林德順問他：

「買什麼？」

他看著眼皮底下的桔子說：「給我一個桔子。」

「一個桔子？」林德順以為自己聽錯了。

他伸手拿了一個桔子：「多少錢？」

林德順想了想後說：「給兩毛錢吧。」

他的一隻手遞進來了兩毛錢，林德順看到他袖管裡掉出了幾個毛衣的線頭來。

當這位父親買了一個桔子轉回身去時，看到那邊母子兩人正手拉著手，在人行道上玩著遊戲，兒子要去踩母親的腳，母親則一次次地躲開兒子的腳，母親說：

「你踩不著，你踩不著……」

兒子說：「我能踩著，我能踩著……」

這位父親就拿著桔子站在一旁，看到他們蹦蹦跳跳地玩著遊戲，直到兒子終於踩到了母親的腳，兒子發出勝利的喊叫：

「我踩著啦！」

父親才說：「快吃桔子。」

林德順看清了男孩的臉，當男孩仰起臉來從父親手中接過桔子的時候，林德順看到了一雙烏黑發亮的眼睛，可是男孩的臉卻是蒼白得有些嚇人，連嘴唇都幾乎是蒼白的。

然後，他們又像剛才在街道對面時一樣安靜了，男孩剝去了桔子皮，吃著桔子在父母中間走去了。

林德順知道他們是送孩子來住院的，今天醫院沒有空出來的床位，所以他們就回家了。

第二天上午，林德順又看到了他們，還像昨天一樣站在醫院的大門口，不同的是這次只有父親一個人在向醫院裡面張望，母親和兒子手拉著手，正高高興興地玩著那個蹦蹦跳跳的遊戲。隔著街道，林德順聽到母子兩人喊叫：

「你踩不著，你踩不著……」

「我能踩著，我能踩著……」

母親和兒子的聲音裡充滿了歡樂，彷彿不是在醫院的門口，而是在公園的草坪上。男孩的聲音清脆欲滴，在醫院門口人群的雜聲裡，在街道上車輛的喧囂裡脫穎而出：

「我能踩著，我能踩著……」

接著，昨天那個發胖的護士走了出來，於是這蹦蹦跳跳的遊戲結束了，父母和孩子跟隨著那個護士走進了醫院。

大約過了一個星期，也是上午，林德順看到這一對年輕的大婦從醫院裡走了出來，兩個人走得很慢，丈夫摟著妻子的肩膀，妻子將頭靠在丈夫的肩上，他們很慢很安靜地走過了街道，來到林德順的小店前，然後站住腳，丈夫鬆開摟住妻子的手，走到小店的窗口，將滿是鬍子茬的臉框在窗口，向裡面看著。林德順問他：

「買一個桔子？」

他說：「給我一個麵包。」

林德順給了他一個麵包，接過他手中的錢以後，林德順問了他一句：

「孩子好嗎？」

這時候他已經轉過身去了，聽到林德順的話後，他一下子轉回臉來，看著林德順：

「孩子？」

他把林德順看了一會後，輕聲說：

「孩子死了。」

然後他走到妻子面前，將麵包給她：

「你吃一口。」

他的妻子低著頭，像是看著自己的腳，披散下來的頭髮遮住了她的臉，她搖搖頭說：

「我不想吃。」

「你還是吃一口吧。」她的丈夫繼續這樣說。

「我不吃。」她還是搖頭，她說：「你吃吧。」

他猶豫了一會後，笨拙地咬了一口麵包，然後他向妻子伸過去了手，他的妻子順從地將頭靠到了他的肩上，他摟住了她的肩膀，兩個人很慢很安靜地向西走去。

林德順看不到他們了，小店裡的食品擋住了他的視線，他就繼續看著對面醫院的大門，他感到天空有些暗下來了，他抬了抬頭，他知道快要下雨了。他不喜歡下雨，他就是在一個下雨的日子裡倒楣的。一個很多年以前的晚上，在滴滴答答的雨聲裡，他抱著一件大衣，上樓去關上窗戶，走到樓梯中間突然腿一軟，接著就是永久地癱瘓了。現在，他坐在輪椅上。

我為什麼要結婚

我決定去看望兩個朋友的時候，正和母親一起整理新家的廚房，我的父親在他的書房裡一聲一聲地叫我，要我去幫他整理那一大堆發黃的書籍。我是他們唯一的兒子，廚房需要我，書房也需要我，他們兩個人都需要我，可是我只有一個人，我說：

「你們拿一把菜刀把我劈成兩半吧。」

我的母親說：「你把這一箱不用的餐具放上去。」

我的父親在書房裡說：「你來幫我移動一下書櫃。」

我嘴裡說著：「你們拿一把菜刀把我劈成兩半吧。」先替母親把不用的餐具放了上去，又幫著父親移動書櫃。移完書櫃，我就屬於父親了。他拉住我，要我把他整理好的書籍一排一排地放到書架上。我的母親在廚房裡叫我了，要我把剛才放上去的那一箱不用的餐具再搬下來，她發現有一把每天都要用的勺子找不著了，她說會不會放在那一箱不用的餐具裡面，而這時候父親又把一疊書籍遞給了我，我說：

「你們拿一把菜刀把我劈成兩半吧。」

然後我發現他們誰也沒有把我這句話聽進去，我把這句話說了好幾遍，到頭來只有我一個人聽進去了。這時候我打算離開了，我心想不能再這麼混下去了，我們從原先那個家搬到這個新的家裡來，都有一個星期了，我每天都在這裡整理、整理的，滿屋子都是油漆味和灰塵在揚起來。我才二十四歲，可我這一個星期過得像個忙忙碌碌的中年人一樣，我不能和自己的青春分開得太久，於是我就站到廚房和書房的中間，我對我的父母說：

「我不能幫你們了，我有事要出去一下。」

這句話他們聽進去了，我的父親站到了書房門口，他問：

「什麼事？」

我說：「當然是很重要的事。」

我一下子還找不到有力的理由，我只能這麼含糊其詞地說。我父親向前走了一步，跨出了他的書房，他繼續問：

「什麼事這麼重要？」

我揮了揮手，繼續含糊其詞地說：「反正很重要。」

這時我母親說：「你是想溜掉吧？」

然後我母親對我父親說：「他是想溜掉。他從小就會來這一手，他每次吃完飯就要上廁所，一去就是一、兩個小時，為什麼？就是為了逃避洗碗。」

我說：「這和上廁所沒有關係。」

我父親笑著說：「你告訴我，你有什麼事？你去找誰？」

我一下子還真不知道該怎麼說，好在我母親這時候糊塗了，她忘了剛才自己的話，她脫口說道：

「他會去找誰呢？除了沈天祥、王飛、陳力慶、林孟這幾個人，還會有誰？」

我就順水推舟地說：「我還真是要去找林孟。」

「找他幹什麼？」我父親沒有糊塗，他繼續窮追不捨。

我就隨口說起來：「林孟結婚了，他的妻子叫萍萍……」

「他們三年前就結婚了。」我父親說。

「是的。」我說，「問題是三年來他們一直很好，可是現在出事了……」

「什麼事？」我父親問。

「什麼事？」我想了想說，「還不是夫妻之間的那些事……」

「夫妻之間的什麼事？」我父親仍然沒有放過我，這時我母親出來說話了，她說：

「還不是吵架的事。」

「就是吵架了。」我立刻說。

「他們夫妻之間吵架，和你有什麼關係？」我父親說著抓住了我的袖管，要把我往書房裡拉，我拒絕進父親的書房，我說：

「他們打起來了……」

我父親鬆開了手，和我的母親一起看著我，這時候我突然才華橫溢了，我滔滔不絕地說了起來：

「先是林孟打了萍萍一記耳光，萍萍撲過去在林孟的胳膊上咬了一大口，把林孟的衣服都咬破了，衣服裡面的肉肯定也倒楣了，萍萍的那兩顆虎牙比刺刀還鋒利，她那一口咬上去，足足咬了三分鐘，把林孟疼得殺豬似地叫了三分鐘，三分鐘以後林孟對著萍萍一拳再加上一腳，拳頭打在萍萍的臉上，腳踢在萍萍的腿上，萍萍疼得撲在沙發上十來分鐘說不出話來，接下去萍萍完全是個潑婦了，她抓住什麼就往林孟扔去，萍萍那樣子像是瘋了，這時林孟反而有些害怕了，萍萍將一把椅子砸在林孟腰上時，其實不怎麼疼，林孟裝出一副疼得昏過去的樣子，手捂著腰倒在沙發上，他以為這樣一來萍萍就會心疼他了，就會住手了，就會過來抱住他哭，誰知道萍萍趁著林孟閉上眼睛的時候，拿著一個菸灰缸就往他頭上砸了下去，這次林孟真的昏了過去……」

最後我對目瞪口呆的父母說：「做為林孟的朋友，我這時候應該去看看他吧？」

然後我走在了街上，就這樣我要去看望我的這兩個朋友，我在五歲的時候就認識了其中的一個，七歲的時候認識了另一個，他們兩個人都比我大上四歲，三年前他們結婚的時候，我送給他們一條毛毯，在春天和秋天的時候，他們就是蓋著我送的毛毯睡覺，所以他們在睡覺之前有時候會突然想起我來，他們會說：

「快有一個月沒有見到誰誰誰了……」

我有一個月沒有見到他們了，現在我向他們走去時，心裡開始想念他們了，我首先想到他們布置得十分有趣的那個不大的家，他們在窗前，在屋頂上，在櫃子旁掛了十來個氣球，我不明白這兩個想入非非的人為什麼這麼喜歡汽球，而且全是粉紅的顏色。我想起來有一天坐在他們的沙發裡時，不經意地看到了陽台上掛著三條粉紅色的內褲，與氣球的顏色幾乎是一樣的，我想這應該是萍萍的內褲。剛開始的時候，我還以為是三個氣球，我差點要說陽台上也掛上氣球了，好在我沒有說出來，我仔細一看才知道那不是氣球。

我喜歡他們，林孟是個高聲說話，高聲大笑的人，他一年裡有九個月都穿著那件棕色的茄克，剩下的三個月因為是夏天太炎熱了，他只好去穿別的衣服，林孟一穿別的衣服，他身上的骨頭就看得清清楚楚了，從衣服裡面頂了出來，而他走路時兩條胳膊甩得比誰都遠，所以他衣服裡面總是顯得空空蕩蕩。

他是一個不知道自己有什麼弱點的人，比如他說話時結巴，可他自己不知道，或者說他從來沒有承認過這一點，他的妻子萍萍是一個漂亮的女人，留著很長的頭髮，不過大多數時間她都是把頭髮盤起來，她知道自己的脖子很長很不錯，她有時候穿上豎領的衣服，她的脖子被遮住了大半以後，反而更加美妙了，那衣服的豎領就像是花瓣一樣。

這兩個人在四年以前是一點關係都沒有，他們僅僅只是認識而已，我們誰也不知道他們是怎麼跑到一起的，是我發現了他們。

我在那個晚上極其無聊，我先去找沈天祥，沈天祥的母親說他中午出門以後一直沒有回來，我又去找王飛，王飛躺在床上面紅耳赤，他被四十度的高熱燒得頭昏腦脹。最後我去了陳力慶的家，陳力慶正拍著桌子在和他父親吵架，我的腳都沒有跨進陳力慶的家門，我不願意把自己捲進別人的爭吵之中，尤其是父子之間的爭吵。

我重新回到了街上，就在我不知道該往什麼地方走的時候，我看到了林孟，看到他抱著一床被子在樹葉下走過來，樹葉雖然擋住了路燈的光亮，我還是一眼認出了他，於是我就向他喊叫，我的聲音因為喜出望外而顯得十分響亮，我說：

「林孟，我正要去找你。」

林孟的頭向我這邊扭過來了一下，他看到了我，可他馬上就將頭扭回去了。我追上去了幾步，繼續向他喊叫：

「林孟，是我？」

這次林孟的頭都沒有動一下，我只好跑上去拍拍他的肩膀，他回過頭來很不高興地嗯了一聲，我才發現他身邊走著那個名叫萍萍的姑娘。萍萍手裡提著一個水瓶，對我露出了微微的一笑。

然後，他們就結婚了。他們婚後的生活看上去很幸福，開始的時候我們經常在電影院的台階上相遇，要不就是在商店的門口，我從那裡走過去，而他們剛好從裡面走出來。

他們結婚的前兩年，我去過他們家幾次，每次都遇到沈天祥，或者是王飛，或者是陳力慶，或者是同時遇到這三個人。我們在林孟的家中覺得很自在，我們可以坐在沙發上，也可以坐在他們的床上，把他們的被子拉過來墊在身後。王飛經常去打開他們的冰櫃，看看裡面有些什麼，他說他不是想吃些什麼，只是想看看。

林孟是個性格開朗的人，他的茶杯是一只很大的玻璃瓶，裝速溶雀巢咖啡的玻璃瓶，他喜歡將一把椅子拖到門後，靠著門坐下來，端著那只大玻璃瓶，對著我們哈哈地笑，他的話超過十句以後，就會胡說八道了。他經常很不謹慎地將他和萍萍之間的隱私洩漏出來，並且以此為樂，笑得腦袋抵在門上，把門敲得咚咚直響。

萍萍在這時候總是皺著眉對他說：「你別說了。」

屋裡人多的時候，萍萍都是坐在一只小圓凳上，她的兩隻手放在膝蓋上，微笑地看著我們說話，當我們覺得是不是有點冷落萍萍而對她說：

「萍萍，你為什麼不說話？」

萍萍就會說：「我喜歡聽你們說話。」

萍萍喜歡聽我說幾部最新電影的故事，喜歡聽沈天祥說釣魚的事，喜歡聽王飛比較幾種牌子的冰櫃，喜歡聽陳力慶唱一首正在流行的歌曲。她就是不喜歡聽林孟說話，她的丈夫說著說著就會說：

「萍萍每天晚上都要我摟著她睡覺。」

萍萍的雙眉就皺起來了，我們哈哈地笑，林孟指著他的妻子說：

「不摟著她，她就睡不著。」

「可是，」林孟繼續說，「我摟著她，她就往我脖子裡不停地呵氣，弄得我癢滋滋的……」

這時萍萍就要說：「你別說了。」

「這樣一來我就睡不著了。」林孟哈哈笑著把話說完。

問題是林孟這方面的話題會繼續下去，只要我們坐在他的屋中，他就不會結束。他是一個喜歡讓我們圍著他哈哈笑個不停的人，為此他會不惜任何代價，他會把萍萍在床上給他取的所有綽號一口氣說出來，把我們笑個半死。

萍萍給他取的綽號是從「心肝」開始的，接下去有「寶貝」，「王子」，「騎士」，「馬兒」，這是比較優雅的，往後就是食物了，全是「捲心菜」，「豆乾」，「泥腸」，「土豆」之類的，還有我們都聽不明白的「氣勢洶洶」和「垂頭喪氣」。

「你們知道『氣勢洶洶』指的是什麼？」

他知道我們不明白，所以他就站起來得意洋洋地問我們。這時候萍萍也站起來了，她看上去生氣了，她的臉色都有點泛白，她叫了一聲：

「林孟。」

我們以為她接下去會怒氣沖沖，可是她只是說：

「你別說了。」

林孟坐回到門後的椅子裡對著她哈哈地笑，她看了他一會後，轉身走進了另一個房間。我們都顯得很尷尬，可是林孟卻若無其事，他對著妻子走進去的那個房間揮揮手說：

「別管她。」

然後繼續問我們：「你們知道『氣勢洶洶』指的是什麼？」

沒有等我們搖頭，他自己先說了，他伸手指指自己的褲襠說：

「就是這玩藝兒。」

我們開始笑起來，他又問：「『垂頭喪氣』呢？」

這次我們都去看著他的褲襠了，他的手又往那地方指了一下，他說：

「也是這個東西。」

有一句話說得很對，叫嫁雞隨雞，嫁狗隨狗。萍萍和林孟在一起生活了兩年以後，她對丈夫的胡說八道也就習慣起來了，當林孟信口開河的時候，她不再對他說「你別說了」，而是低下頭去擺弄起了自己的手指，似乎她已經接受林孟的隨口亂說。

不僅如此，偶爾她也會說幾句類似的話，當然她比林孟含蓄多了。我記得有一天我們坐在他們家中，大家一起讚揚林孟笑的時候很有魅力時，萍萍突然插進來說：

「他晚上的笑容才叫可愛。」

我們一下子還沒明白過來這句話的意思，大家似笑非笑地看著林孟，看看萍萍，萍萍就又補充了一句，她說：

「當他需要我的時候。」

我們哈哈大笑，這時萍萍突然發現自己失言了，於是面紅耳赤。林孟面對自己的笑話被揭示出來後，嘿嘿地發出了尷尬的笑聲，他的腦袋不再去敲打後面的門了。當可笑的事輪到他自己身上，他就一聲不吭了。

我們對他們婚後的床上生涯就這樣略知一二，我們對他們另外的生活知道的就更多了，總之我們都認為林孟豔福不淺，萍萍的漂亮是有目共睹的，她的溫柔與勤快我們也都看在眼裡，我們從來沒有看到過她和林孟為了什麼而爭執起來。我們坐在他們家中時，她總是及時地為我們的茶杯斟上水，把火柴送到某一雙準備點燃香菸的手中。而林孟，結婚以後的皮鞋總是鋥亮鋥亮的，衣著也愈來愈得體了，這當然是因為有了萍萍這樣的一個妻子。在此之前，他是我們這些朋友中衣服穿得最糟糕的人。

就這樣我回憶著他們的一些生活片斷，在這天上午來到他們的寓所，我覺得自己很久沒來敲他們的門了，當萍萍為我打開他們的房門時，我發現萍萍的樣子變了一些，她好像是胖了，要不就是瘦了。

開門的時候，我先看到了萍萍的手，一隻纖細的手抓住門框，門就開了，我覺得萍萍看到我時像是愣了一下，我想這是她很久沒有看到我的緣故，我微笑著走了進去，然後發現自己沒有看到沈天祥，沒有看到王飛，沒有看到陳力慶，就是林孟，我也沒有看到，我問萍萍：

「林孟呢？」

林孟沒有在家，他早晨七點半的時候就出門了，他去工廠上班了。沈天祥，王飛，陳力慶這時候也應該在他們各自的地方上班幹活。只有我和萍萍……我對萍萍說：

「只有我們兩個人？」

我指的是在這個房間裡，我看到萍萍聽了我的話以後，臉上的肌肉抽了兩下，我心想這是微笑嗎？我問萍萍：

「你怎麼了？」

萍萍不解地看著我，我又說：

「你剛才對我笑了嗎？」

萍萍點點頭說：「我笑了。」

然後她臉上的肌肉又抽了兩下，我倒是笑起來了，我說：

「你怎麼笑得這樣古怪？」

萍萍一直站在門口，那門也一直沒有關上，抓住門框的手現在還抓著，她這樣的姿態像是在等著我立刻離開似的，我就說：

「你是不是要我馬上就走？」

聽到我這麼說，她的手從門框上移開了，她的身體向我轉了過來，她看著我，她的兩隻手在那裡放來放去的，似乎一直沒有找到合適的位置，我從來沒有見過像今天這樣的萍萍，全身僵直地站在那裡，笑的時候都讓我看不出來她是在笑，我對萍萍說：

「你今天是怎麼了？你是不是有事要出去？」

我看到她不知所措地搖了搖頭，我繼續說：

「你要是沒有什麼急事的話，那我就坐下了。」

我說著坐到了沙發裡，可她還是站著，我笑了起來，我說：

「你怎麼還這樣站著？」

她坐在了身邊的一把椅子上，將自己臉的側面對著我，我覺得她的呼吸很重，她的兩條腿擺來擺去的，和剛才的手一樣找不到位置，我就說：

「萍萍，你今天是怎麼了？今天我來，你也不給我倒一杯水喝，也不給我削一個蘋果吃，你是不是討厭我了？」

萍萍連連搖頭，她說：

「沒有，沒有，我怎麼會討厭你呢？」

然後她對我笑了笑，站起來去給我倒水，她這次笑得像是笑了。她把水遞到我手上時說：

「今天沒有蘋果了，你吃話梅吧？」

我說：「我不吃話梅，話梅是你們女人吃的，我喝水就行了。」

萍萍重新坐到椅子上，我喝著水說：

「以前我每次來你們家，都會碰上沈天祥他們，碰不上他們三個人，最少也能碰上他們中的一個，今天他們一個都沒來，連林孟也不在家，只有兩個人，你又是一個很少說話的人……」

我看到萍萍突然變得緊張起來，她的頭向門的方向扭了過去，她在聽著什麼，像是在聽著一個人上樓的腳步聲，腳步聲很慢，腳步聲很慢，上樓的人顯得不慌不忙，走到了我和萍萍一起看著的那扇門的外面，然後又走上去了。萍萍鬆了一口氣，她扭回頭看著我，她的臉白得讓我吃了一驚，她對我笑了笑，臉上的肌肉又抽了兩下。她的笑讓我看不下去，我就打量他們的房屋，我發現氣球已經從他們家中消失了，我的眼睛看不到粉紅的顏色，於是我不由自主地偷偷看了看他們的陽台，陽台上沒有萍萍的內褲，也就是說陽台上也沒有了粉紅的顏色，然後我才問萍萍：

「你們不喜歡氣球了？」

萍萍的眼睛看著我，那樣子讓我覺得她聽到了我的聲音，可是沒有聽到我的話，我說：

「沒有氣球了。」

「氣球？」她看著我，不明白我在說些什麼，我又說：

「氣球，你們家以前掛了很多氣球。」

「噢……」她想起來了。

我說：「我總覺得你今天有點……怎麼說呢？有點不太正常。」

「沒有。」她搖搖頭說。

她的否認看上去並不積極，我告訴她：

「我本來沒有想到要來你們家，你知道嗎？我又搬家了，我在幫著母親整理廚房，幫著父親整理書房，他們兩個人把我使喚來使喚去的，讓我厭煩極了，我是從家裡逃出來的，本來我想去看看沈天祥的，可是前天我們還在一起，王飛和陳力慶我也經常見到他們，就是你們，我有很久沒見了，所以我就到你們家來了，沒想到林孟不在，我忘了他今天應該在工廠上班……」

我沒有把編造她和林孟打架的事說出來。萍萍是一個認真的人，我繼續說：

「我沒想到只有你一個人在家裡……」

只有她一個人在家，她又總是心不在焉的，我想我還是站起來走吧，我站起來對她說：

「我走了。」

萍萍也馬上站起來，她說：

「你再坐一會。」

我說：「我不坐了。」

她不再說什麼，等著我從她家中走出去，我覺得她希望我立刻就走，我朝門走了兩步，我說：

「我先去一下你們家的衛生間。」

我進了衛生間，把門關上時，我又補充了一句：

「你們家的這條街上沒有一個廁所。」

我本來只是想小便，可是小便結束以後，我又想大便了，因此我在衛生間裡一下子就出不去了。我蹲下去，聽到外面的樓梯上咚咚響起來了，一個人正很快地從樓下跑上來，跑到門口喊叫道：

「萍萍，萍萍。」

是林孟回來了，我聽到萍萍聲音發抖地說：

「你怎麼回來了？」

門打開了。林孟走進來，林孟說：

「我今天出來給廠裡進貨，我快讓尿給憋死啦，一路上找不到一個廁所，我只好跑回家來。」

我在衛生間裡覺得林孟像是一頭野豬似地撲了過來，他一拉衛生間的門，然後沒有聲音了，顯然他嚇了一跳，過了一會，我聽到他聲音慌張地問萍萍：

「這裡面有人？」

我想萍萍可能是點了點頭，我聽到林孟吼叫起來了：

「是誰？」

我在裡面不由笑了笑，我還來不及說話，林孟開始踢門了，他邊踢邊叫：

「你出來。」

我才剛剛蹲下去，他就要我出去，衛生間的門被他踢得亂抖起來，我只好提起褲子，繫好皮帶，打開衛生間的門，林孟看到是我，一下子愣住了，我說：

「林孟，我還沒完呢，你把門踢得這麼響，屎剛要出來，被你這麼一踢，又回去了。」

林孟眼睛睜圓了看了我一會兒，然後咬牙切齒地說：

「沒想到會是你。」

他的樣子讓我笑了起來，我說：

「你別這麼看著我。」

林孟不僅繼續瞪大眼睛看我，還向我伸出了手指，我避開他指過來的食指說：

「你這樣子讓我毛骨悚然。」

這時林孟吼叫起來，他叫道：

「是你讓我毛骨悚然。」

林孟的喊叫把我嚇了一跳，於是我重視起了他的憤怒，我問他：

「出了什麼事？」

他說：「沒想到你會和我老婆幹上了。」

「幹上了？」我問他，「幹上了是什麼意思。」

他說：「你別裝啦。」

我去看萍萍，我想從她那裡知道林孟的意思，可是我看到萍萍的臉完全成了一張白紙，只有嘴唇那地方還有點青灰顏色，萍萍的樣子比起林孟的樣子來，更讓我不安。現在我明白林孟那句話的意思了，他認為我和萍萍在一起睡覺了。我說：

「林孟，你完全錯了，我和萍萍之間一點關係都沒有。你可以問萍萍。」

我看到萍萍連連點著頭，林孟對我的話和萍萍的點頭似乎一點興趣都沒有，他用手指著我說：

「你們誰都別想抵賴，我一進門就覺得萍萍的臉色不對，我一進門就知道發生什麼事了。」

「不。」我說，「你所認為的事根本就沒有發生。」

「沒有發生？」他走過來一步，「你為什麼躲在衛生間裡？」

「我沒有躲在衛生間裡，」我說。

他伸手一指衛生間說：「這是什麼，這是廚房嗎？」

我說：「不是廚房，是衛生間，但是我沒有躲在裡面，我是在裡面拉屎。」

「放屁。」他說，說著他跑到衛生間裡去看了看，然後站在衛生間的門口得意地說：

「我怎麼沒看到這裡面有屎？」

我說：「我還沒拉出來，就被你踢門給踢回去了。」

「別胡說了。」他輕蔑地揮了揮手，然後他突然一轉身進了衛生間，砰地將門關上，我聽到他在裡面說：

「我被你們氣傻了，我都忘了自己快被尿憋死了。」

我聽到他的尿沖在池子裡的涮涮聲，我去看萍萍，萍萍這時坐在椅子上了。她的兩隻手捂住自己的臉，肩膀瑟瑟打抖，我走過去，我問萍萍：

「這究竟是怎麼回事？」我對她說：「我到現在還沒有完全明白過來。」

萍萍抬起來看看我，她的臉上已經有淚水了，可是更多的還是驚魂未定的神色，似乎她也沒有完全明白發生了什麼，這時衛生間的門砰地打開了，林孟從裡面出來時像是換了一個人，他撒完尿以後就平靜下來了，他對我說：

「你坐下。」

我站著沒有動，他微笑了一下，他的微笑讓我感到吃驚，他說：

「你坐下，為什麼不坐下。」

那語氣像是剛才什麼都沒有發生似的，我心裡七上八下地坐在了萍萍的身邊，然後看著林孟拿著一張白紙和一枝筆走過來，他和我們坐在了一起，他對萍萍說：

「你做了對不起我的事……」

萍萍抬起臉來說：「我沒有。」

林孟沒有理睬她的話，繼續說：

「你對不起我，我現在不打你，也不罵你……」

「我沒有。」萍萍又說：「我沒有對不起你……」

林孟不耐煩了，他擺擺手說：

「不管你怎麼說，我都認為你對不起我了，你不要再說廢話了，你給我聽著就是了，我們不能在一起生活了，你明白嗎？」

萍萍迷茫地看著他，他看了我一眼，往下說：

「你明白嗎，我和你必須離婚，此外沒有別的出路。」

萍萍眼淚出來了，她說：

「為什麼要離婚？」

林孟指著我說：「你都和他睡覺了，我當然要和你離婚。」

「我沒有。」萍萍說。

到了這時候，萍萍申辯的聲音仍然很輕微，這使我很不高興，我對萍萍說：

「你要大聲說，大聲對他說，我和你什麼事都沒有，就是拍桌子也行。」

林孟笑了笑，對我說：

「聲音再大也沒有用，這叫有理走遍天下，無理寸步難行。」

我對他說：「現在是我們有理，你無理。」

林孟又笑了，他對萍萍說：

「聽到嗎？他在說『我們』，就是你和他，我和你離婚以後，你就和他結婚。」

萍萍抬起臉來看著我，她的目光像是突然發現另一個丈夫似的，我趕緊向她擺手，我說：

「萍萍，你別聽他胡說八道。」

萍萍聽了我的話以後，去看她真正的丈夫了，她丈夫手中的那枝筆開始在紙上畫來畫去，林孟對她說：

「我已經算出來了，家裡的存款加上現錢一共是一萬二千四百元，你拿六千二百，我也拿六千二百，彩電和錄相機你拿一台，冰箱和洗衣機也讓你先挑選一台……」

我看到他們在討論分家的事了，我想我還是立刻走吧，我就說：

「你們忙吧。我先走了。」

我正要走，林孟一把抓住了我，他說：

「你不能走，你破壞了我們的婚姻，你必須承擔責任。」

我說：「我沒有破壞你們的婚姻，我沒有破壞任何人的婚姻，你要我承擔什麼責任呢？」

林孟站起來，把我推到椅子前，讓我在剛才的椅子上坐下，他繼續和萍萍討論分家的事，他說：

「衣服原先屬於誰的，就由誰帶走。家具也是這樣，一人一半，當然這需要合理分配，不能把床和桌子劈成兩半……這所房子就不分了，結婚以前這房子是屬於你的，所以這房子應該歸你。」

然後林孟轉過臉來對我發號施令了，他說：

「我和萍萍離婚以後，你必須在一個月內把她娶過去。」

我說：「你沒有權利對我說這樣的話，你和萍萍離婚還是不離婚，和我沒有一點關係。」

林孟說：「你勾引了她，讓她犯了生活錯誤，讓她做了對不起我的事，你還說和你沒有關係？」

我說：「我沒有勾引她，你問萍萍，我勾引她了沒有？」

我們一起去看萍萍，萍萍使勁地搖起了頭，我說：

「萍萍你說，是有，還是沒有？」

萍萍說：「沒有。」

可是她一點都沒有理直氣壯，我就對她說：

「萍萍，當你說這樣的話時，一定要說得響亮，我覺得你太軟弱，平日裡林孟當著我們傷害你時，你只會輕聲說『你別說了』，你應該站起來大聲指責他……」

這時林孟拍拍我的肩膀，他說：

「做為朋友，我提醒你一句，你不要把萍萍培養成一隻母老虎，因為以後你是她的丈夫了。」

「我不是她的丈夫。」我說。
「你必須是她的丈夫。」他說。
林孟如此堅決，讓我反而糊塗起來了，我再一次去問萍萍：
「這究竟是怎麼一回事？我從家裡出來時，一點都沒想到我會娶一個女人回去，而這一個女人又是我朋友的妻子，這些都不說，要命的是這個女人是二婚，還比我大四歲，我的父母會被我氣死的……」
「不會。」林孟說，「你父母都是知識分子，他們不會在乎這些的。」
「你錯啦，知識分子恰恰是最保守的。」我指著萍萍，「我父母肯定不會接受她的。」
林孟說：「他們必須接受萍萍。」
我又去問萍萍：「這究竟是怎麼一回事？我現在腦袋裡沒有腦漿，全是豆腐，我完全糊塗了。」
這時萍萍不再流眼淚了，她對我說：
「你今天不該來，你就是來了也應該馬上就走。」
她指著林孟繼續說：

「你們雖然是他的朋友，可是你們一點都不了解他……」

她沒有說下去，但是我明白過來了，為什麼我一進他們家門，萍萍就不知所措，因為林孟沒有在家，萍萍的緊張與不安就是因為我，一個不是她丈夫的男人和她單獨在一間屋子裡，同時我也知道林孟是個什麼樣的人了，我對他說：

「我以前還以為你是一個寬宏大量的人，沒想到你是斤斤計較、醋勁十足的人。」

林孟說：「你和我老婆睡覺了，你還要我寬宏大量？」

「我告訴你，」我指著林孟鼻子說，「現在我對你已經厭煩了，你怎麼胡說，我都不想和你爭辯，我心裡唯一不安的就是萍萍，我覺得對不起萍萍，我今天不該來……」

說到這裡，我突然激動起來了，揮著手說：

「不，我今天來對了，萍萍，你和他離婚是對的，和這種人在一起生活簡直是災難。我今天來是把你救出來。如果我是你的丈夫，第一我會尊重你，我絕不會說一些讓你聽了不安的話；第二我會理解你，我會盡量為你設想；第三我會真正做到寬宏大量，而不像他只做表面文章；第四我會和你一起承擔起家務來，不像他一回家就擺出老爺的樣子；第五我絕不會把你給我取的綽號告訴別人；第六我每天晚上摟著你睡覺，你的氣呵在我的脖子上我也不怕癢；第七我比他強壯得多，你看他骨瘦如柴……」

我一直說到第十五，接下去想不起來還應該說什麼，我只好不說了，我再去看萍萍，她正眼含熱淚望著我，顯然她被我的話感動了。我又去看林孟，林孟正嘿嘿笑著，他對我說：

「很好，你說得很好，這樣我就放心了，我知道你會善待我的前妻的。」

我說：「我說這些話沒有別的意思，並不是說我肯定要和萍萍結婚了，我和萍萍結婚，不是我一個人能說了算數的，萍萍是不是會同意？我不知道，我是說如果我是萍萍的丈夫。」

然後我看著萍萍：「萍萍，你說呢？」

要命的是萍萍理解錯我的話了，她含著眼淚對我說：

「我願意做你的妻子，我聽了你剛才的那一番話以後，我就願意做你的妻子了。」

我傻了，我心想自己真是一個笨蛋，我為自己設了一個陷阱，而且還跳了進去，我看著萍萍臉上愈來愈明顯的幸福表情，我就知道自己愈來愈沒有希望逃跑了。萍萍美麗的臉向我展示著，她美麗的眼睛對著我閃閃發亮，她的眼淚還在流，我就說：

「萍萍，你別哭了。」

萍萍就抬起手來擦乾淨了眼淚，這時候我腦袋熱得直冒汗，我的情緒極其激昂，也就是說我已經昏了頭了，我竟然以萍萍丈夫的口氣對林孟說：

「現在你該走了。」

林孟聽了我的話以後，連連點頭，他說：

「是，是的，我是該走了。」

我看著林孟興高采烈地逃跑而去，我心裡閃過一個想法，我想這小子很可能在一年以前就盼著這一天了，只是他沒想到會是我來接替他。林孟走後，我和萍萍在一起坐了很久，兩個人都沒有說話，都想了很多，後來萍萍問我是不是餓了，她是不是去廚房給我做飯，我搖搖頭，我要她繼續坐著。我們又無聲地坐了一會，萍萍問我是不是後悔了，我說沒有。她又問我在想些什麼，我對她說：

「我覺得自己是一個先知。」

萍萍不明白我的話，我向她解釋：

「我出門的時候，向我的父母編造了你和林孟打架，你把林孟打得頭破血流，林孟也把你打得頭破血流……結果你們還真的離婚了，你說我是不是一個先知。」

萍萍聽了我的話以後沒有任何反應，我知道她還沒有明白，我就向她解釋，把我向父母編造的話全部告訴了她，包括她拿著一個菸灰缸往林孟頭上狠狠砸去的情景。萍萍聽到這裡連連擺手，她說她絕不會這樣的。我說我知道，我知道她不會這樣的，我知道她不是一個潑婦。我說這些只是要她明白我是一個先知。她明白了，她笑著點了點頭。她剛一點頭，我馬上又搖頭了，我說：

「其實我不是先知，雖然我預言了你和林孟的不和，可是我沒有想到自己會成你的丈夫。」

然後我可憐巴巴地望著萍萍說：

「我一點都不知道自己為什麼要結婚？」

朋友

大名鼎鼎的昆山走出了家門，他一隻手捏著牙籤剔牙，另一隻手提著一把亮晃晃的菜刀。他揚言要把石剛宰了，他說：就算不取他的性命，也得割下一塊帶血的肉。至於這肉來自哪個部位，昆山認為取決於石剛的躲閃本領。

這天下午的時候，昆山走在大街上，嘴裡咬著牙籤，眼睛裡布滿了血絲，小鬍子上沾著菸絲。他向前走著，嘴唇向右側微微歪起，衣服敞開著，露出裡面的護腰帶，人們一看就知道，昆山又要去打架了。他們跟在昆山後面，不停地打聽著：

「誰呀？昆山，是誰呀？這一次是誰？」

昆山器宇軒昂地走著，身後的跟隨者愈來愈多。昆山走到那座橋上後，站住了腳，他「呸」的一聲將牙籤吐向橋下的河水，然後將菜刀放在水泥橋的欄杆上，從口袋裡掏出一盒大前門香菸，在風中甩了兩下，有兩根香菸從菸盒裡伸了出來，昆山的嘴唇叨出了一根，然後將火柴藏在手掌裡劃出了火，點燃香菸。他暫時不知道該往何處去。他知道石剛的家他應該下了橋向西走，石剛工作的煉油廠則應該向南走，問題是他不知道此刻石剛身在何處？

昆山吸了一口菸，鼻翼翕動了幾下，此後他的眼睛才開始向圍觀他的人掃去，他陰沉著臉去看那些開朗的臉，他注意到其中一張有眼鏡的瘦臉，他就對著那張臉說話了：

「喂，你是煉油廠的？」

那張瘦臉迎了上去。

昆山說：「你應該認識石剛？」

這個人點了點頭說：「我們是一個車間的。」

隨後昆山知道了石剛此刻就在煉油廠。他抬腕看了看手錶，已經一點鐘了，他知道石剛剛剛下了中班，正向澡堂走去。昆山微微一笑，繼續靠在橋欄上，他沒有立刻向煉油廠走去，是因為他還沒有吸完那根香菸，他吸著菸，那些要宰了石剛和最起碼也要割下一塊肉的話，昆山就是這時候告訴圍觀者的。

當時，我正向煉油廠走去，我那時還是一個十一歲的男孩。這一天午飯以後，我將書包裡的課本倒在床上，將乾淨衣服塞了進去，又塞進去了毛巾和肥皂，然後向母親要了一角錢，我告訴她：

「我要去洗澡了。」

背上書包的我並沒有走向鎮上收費的公共澡堂，我要將那一角錢留給自己，所以我去了煉油廠的澡堂。那時候已經是春天的四月了，街兩旁的梧桐樹都長出了寬大的樹葉，陽光明亮地照射下來，使街上飛揚的灰塵清晰可見。

我是十一點四十五分走出家門。我將時間計算好了，我知道走到煉油廠的大門口應該是十二點整，這正是那個看門的老頭坐在傳達室吃飯的時間，他戴著一副鏡片上布滿圓圈的眼鏡，我相信飯菜裡蒸發出來的熱氣會使他什麼都看不清楚，更不要說他喜歡埋著頭吃飯，我總是在這時候貓著腰從他窗戶下溜進去。在十二點半的時候，我應該赤條條地泡在煉油廠的澡堂裡了。我獨自一人，熱水燙得我屁眼裡一陣陣發癢，蒸騰的熱氣塞滿了狹窄的澡堂，如同畫在牆上似的靜止不動。我必須在一點鐘來到之前洗完自己，我要在那些油膩膩的工人把腿伸進池水之前先清洗掉身上的肥皂，在他們肩上搭著毛巾走進來的時候，我應該將自己擦乾了，因為他們不需要太長的時候，就會將池水弄得像豆漿似的白花花地漂滿了肥皂泡。

可是這一天中午的時候，我走到那座橋上時站住了腳，我忘記了時間，忘記了煉油廠看門的老頭快吃完飯了，那個老頭一吃完飯就會背著雙手在大門口走來走去，而且沒完沒了。他會一直這麼走著，當澡堂裡的熱水冰涼了，他才有可能回到屋子裡去坐上一會。

我站在橋上，擠在那些成年人的腰部，看著昆山靠在橋欄上一邊吸菸，一邊大口吐著痰。昆山使我入迷，他的小鬍子長在厚實的嘴上，他說話時讓我看到肌肉在臉上像是風中的旗幟一樣抖動。我心想這個人腮幫子上都有這麼多肌肉，再看看他的胸膛，刺刀都捅不穿的厚胸膛，還有他的腿和胳膊，我心想那個名叫石剛的人肯定是完蛋了，昆山說：

「他不給我面子。」

我不知道昆山姓什麼，這個鎮上很多人都不知道他的姓，但是我們都知道昆山是誰，昆山就是那個向別人借了錢可以不還的人，他沒有香菸的時候就會在街上攔住別人，笑呵呵地伸出兩隻寬大的手掌拍著他們的口袋，當拍到一盒香菸時，他就會將自己的手伸進別人的口袋，將香菸摸出來，抽出一根遞過去，剩下的他就放入自己的口袋。我們這個鎮上沒有人不認識昆山。連嬰兒都知道昆山這兩個字所發出的聲音和害怕緊密相連。然而我們都喜歡昆山，當我們在街上遇到他時，我們都會高聲叫著他的名字，我五歲的時候就會這樣叫了，一直叫到那時的十一歲。這就是為什麼昆山走在街上的時候總是春風滿面？他喜歡別人響亮地叫著他的名字，他總是熱情地去答應，他覺得這鎮上的人都很給他面子。

現在，昆山將菸蒂扔進了橋下的河水，他搖著腦袋，遺憾地對我們說：

「石剛不給我面子。」

「為什麼石剛不給你面子？」

那個瘦臉上架著眼鏡的人突然這樣問，昆山的眼睛就盯上他，昆山的手慢慢舉起來，對著瘦臉的男人，在空中完成一個打耳光的動作，他說：

「他打了我老婆一巴掌。」

我聽到了一片唏噓聲，我自己是嚇了一跳，我心想這世上還有人敢打昆山的老婆，然後有人說出了我心裡正想著的話：

「他敢打你的老婆？這石剛是什麼人？」

「我不認識他，」昆山伸手指了指我們：「現在我很想認識他。」瘦臉的男人說：「可能他不知道打的是你的老婆。」

昆山搖搖頭：「不會。」

有人說：「管他知道不知道，打了昆山的老婆，昆山當然要讓他見血，昆山的老婆能碰嗎？」

昆山對這人說：「你錯了，我的老婆該打。」

然後，昆山看了看那些瞠目結舌的人，繼續說：

「別人不知道我老婆，我能不知道嗎？我老婆確實該打，一張臭嘴，到處搬弄是非。她要不是我昆山的老婆，不知道有多少人會打她耳光……」

昆山停頓了一下，繼續說：

「可是怎麼說她也是我老婆，她說錯了什麼話，做錯了什麼事，可以來找我，該打耳光的話，我昆山自己會動手。石剛那小子連個招呼都沒有，就打了我老婆一耳光，他不給我面子……」

昆山說著拿起橋欄上的菜刀，微微一笑：

「他不給我面子，也就不能怪我昆山心狠手毒了。」

然後，昆山向我們走來了，我們為他閃出了一條道路，人高馬大的昆山在街道上走去時就像河流裡一艘馬力充足的客輪，而我們這些簇擁在他身旁的人，似乎都是螺旋槳轉出來的波濤。我們一起向前走著，我走在了昆山的右邊，我得到了一個好位置，昆山手裡亮閃閃的菜刀就在我肩膀前擺動，如同秋千似地來回盪著。這是一個讓我激動的中午，我第一次走在這麼多的成年人中間，他們簇擁著昆山的同時也簇擁著我。我們聲音響亮地走著，街上的行人都站住了腳，他們好奇地看著我們，發出好奇的詢問，每一次都是我搶先回答了他們，告訴他們昆山要讓石剛見血啦，我把「血」字拉得又長又響，我不惜喊破自己的嗓子，我發現昆山注意到了我，他不時地低下頭來看我一眼，我看到他的眼睛裡充滿了微笑。那時候我從心底裡希望這條通往煉油廠的街道能夠像夜晚一樣漫長，因為我不時地遇上了我的同學，他們驚喜地看著我，他們的目光裡全是羨慕的顏色。我感到自己出盡了風頭。陽光從前面照過來，把我的眼睛照成了一條縫，我抬起頭去看昆山，他的眼睛也變成了一條縫。

我們來到了煉油廠的大門口，很遠我就看到了傳達室的老頭在那裡，這一次他沒有背著雙手來回踱步，而是像鳥一樣地將腦袋伸過來看著我們。我們走到了他的面前，我看到他鏡片後面的眼睛看到了我，我突然害怕起來，我心想他很可能走過來一把將我揪出去，就像是我的父親，我的老師，還有我的哥哥經常做的那樣。於是我感到自己的頭皮一陣陣地發麻，抬起頭去看昆山，我看到昆山的臉被陽光照得通紅，然後我膽戰心驚地對著前面的老頭喊道：

「他是昆山……」

我聽到了自己的聲音，又輕又細，而且還像樹葉似地抖動著。在此之前，老頭已經閃到了一旁，像剛才街道旁的行人那樣好奇地看著我們。就這樣，我們大搖大擺地走了進去，這老頭沒有表現出絲毫的阻擋之意，我也走了進去，我心想他原來是這麼不堪一擊。

我們走在煉油廠的水泥路上，兩旁廠房洞開的門比剛才進來的大門還要寬敞，幾個油跡斑斑的男人站在那裡看著我們，我聽到有人問他們：

「石剛去澡堂了嗎？」

一個人回答：「去啦。」

我聽到有人對昆山說：「他去澡堂了。」

昆山說：「去澡堂。」

我們繞過了廠房，前面就是煉油廠的食堂，旁邊是鍋爐房高高的煙囪，濃煙正滾滾而出，在明淨的天空中擴散著，變成了白雲的形狀，然後漸漸消失。兩個鍋爐工手裡撐著鐵鏟，就像撐著枴杖似的看著我們，我們從他們身旁走了過去，來到澡堂的門前。已經有人從澡堂裡出來了，他們穿著拖鞋抱著換下的衣服，他們的頭髮都還在滴著水，他們的臉和他們的赤著的腳像是快要煮熟了似的通紅。昆山站住了腳，我們都站住了腳，昆山對那個戴眼鏡的瘦臉說：

「你進去看看，石剛在不在裡面。」

戴眼鏡的瘦臉走進了澡堂，我們繼續站著，更多的人圍了過來，那兩個鍋爐工拖著鐵鏟也走了過來，其中一個問昆山：

「昆山，你找誰呀？誰得罪你啦？」

昆山沒有回答，別人替他回答了：

「是石剛。」

「石剛怎麼了？」

這一次昆山自己回答了：

「他不給我面子。」

然後昆山的手伸進了口袋，摸索了一陣後摸出了一枝香菸和一盒火柴，他將香菸叼在了嘴上，又將菜刀夾在胳肢窩裡，他點燃了香菸。那個瘦臉的男人出來了，他說：

「石剛在裡面，他正往身上打肥皂……」

昆山說：「你去告訴他，我昆山來找他了。」

瘦臉男人說：「我已經說了，他說過一會就出來。」

有人問：「石剛嚇壞了吧？」

瘦臉的男人搖頭：「沒有，他正在打肥皂。」

我看到昆山的臉上出現了遺憾的表情，剛才我在橋上的時候已經看到了這樣的表情，剛才是昆山認為沒有給他面子，現在昆山的遺憾是因為石剛沒有他預想的那樣驚慌失措。這時候有人對昆山說：

「昆山，你進去宰他，他脫光了衣服就像拔光了毛的雞一樣。」

昆山搖搖頭，對瘦臉男人說：

「你進去告訴他，我給他五分鐘時間，過了五分鐘我就要進去揪他出來。」

瘦臉的男人再次走了進去，我聽到他們在我的周圍議論紛紛，我看到他們所有的嘴都在動著，只有昆山的嘴沒有動，一枝香菸正塞在他的嘴裡，冒出的煙使他的右眼瞇了起來。

瘦臉的男人走了出來，他對昆山說：

「石剛讓你別著急，他說五分鐘足夠了。」

我看到有人笑了起來，我知道他們為什麼笑，他們人人都盼著石剛出來後和昆山大打出手。我看到昆山的臉鐵青了起來，他繃著臉點點頭說：

「好吧，我等他。」

這時候我離開了昆山，我放棄了自己一路上苦苦維護著的位置，很多次都有人將我從昆山身旁擠開，我歷盡了艱險才保住這個位置。可是現在石剛吸引了我，於是我走進了澡堂，走進了蒸騰的熱氣之中，我看到有十來個人正泡在池水裡，另外幾個人穿著衣服站在池邊，我聽到他們說著昆山和石剛。我仔細地看著他們，我不知道他們中間誰是石剛，我想起瘦臉的男人說石剛正在打肥皂，我就去看那個站在池水中央的人，他正用毛巾洗自己的頭髮上的肥皂，這是一個清瘦的人，他的肩膀很寬，他洗乾淨了頭髮上的肥皂後，走到池邊坐下，不停地搓起了自己的眼睛，可能是肥皂水進入了他的眼睛，他搓了一會，擰乾了毛巾，又用毛巾仔細地去擦自己的眼睛。這時我聽到有人叫出了石剛的名字，有人問石剛：

「要不要我們幫你？」

「不用。」石剛回答。

我看到回答的人就是搓自己的眼睛的人，我終於認出了石剛，我激動地看著他站起來，他用毛巾擦著頭髮向我走了過來，我沒有讓開，他就撞到了我，他立刻用手扶住了我，像是怕我摔倒。然後他走到了外面的更衣室，我也走進了更衣室，那幾個穿著衣服的人也來到了更衣室。我看著石剛擦乾了自己的身體，看著他不慌不忙地穿上襯衣和褲子，接下去他坐在了凳子上，穿上鞋開始繫鞋帶了。這時有人問他：

「真的不要我們幫忙？」

「不用。」他搖搖頭。

他站了起來，取下掛在牆上的帆布工作服，他將工作服疊成一條，像是纏繃帶似地把工作服纏到了左手的胳膊上，又將脫開的兩端塞進了左手使勁地捏住，他的右手伸過去捏了捏左手胳膊上的工作服，然後站了起來，提起毛巾走到了一個水龍頭前，擰開水龍頭將毛巾完全淋濕。

那時候已經是下午了，陽光的移動使昆山他們站著的地方成為一片陰影，他們看到了走出來的石剛，石剛站在了陽光下，他的左手胳膊上像是套著一只籃球似的纏著那件帆布工作服，他的右手提著那條水淋淋的手巾，毛巾垂在那裡，像是沒有關緊的水龍頭一樣滴著水，使地上出現了一灘水跡。

那一刻我就站在石剛的身旁，我看到昆山身旁的人開始往後退去，於是我也退到了一棵樹下。這時昆山向前走了兩步，他走出了陰影，也站在了陽光裡。昆山瞇起了眼睛看著石剛，我立刻抬頭去看石剛，陽光從後面照亮了石剛，使他的頭髮閃閃發亮，而他的臉上沒有亮光，他沒有瞇起眼睛，而是皺著眉去看昆山。

我看到昆山將嘴上叼著的香菸扔到了地上，然後對石剛說：

「原來你就是石剛。」

石剛點了點頭。

昆山說：「石蘭是不是你姊姊？」

石剛再次點了點頭：「是我姊姊。」

昆山笑了笑，將右手的菜刀換到左手，又向前走了一步，他說：

「你現在長成大人啦，你膽子也大啦。」

昆山說著揮拳向石剛打去，石剛一低頭躲過了昆山的拳頭，昆山吃驚地看了看石剛，說道：

「你躲閃倒是不慢。」

昆山的右腳踢向了石剛的膝蓋，石剛這一次跳了開去，昆山的企圖再次落空，他臉上出現了驚訝的神色，嘿嘿笑了兩聲，然後轉過臉對圍觀的我們說：

「他有兩下子。」

當昆山的臉轉回來時，石剛出手了，他將濕淋淋的毛巾抽到了昆山的臉上，我們聽到了「啪」地一聲巨響，那種比巴掌打在臉上響亮得多的聲音。昆山失聲慘叫了，他左手的菜刀掉在了地上，他的右手捂住了臉，一動不動地站在那裡。石剛後退了兩步，重新捏了捏手裡的毛巾，然後看著昆山，昆山移開了手，我們看到他的臉上布滿了水珠，他的左眼和左臉通紅一片，他彎腰撿起了菜刀，現在他將菜刀握在了右手，他左手捂著自己的臉，揮起菜刀劈向了石剛，石剛再次閃開，昆山起腳踢在了石剛腿上，石剛連連向後退去，差一點摔倒在地，等他剛站穩了，昆山的菜刀又劈向了他，無法躲閃的石剛舉起了纏著工作服的胳膊，昆山的菜刀劈在了石剛的胳膊上，於此同時石剛的毛巾再次抽在了昆山的臉上。

我從來沒有見過這樣窮凶極惡的打架，我看到昆山的菜刀一次次劈在了石剛的左胳膊上，而石剛的毛巾一次次地抽在了昆山的臉上。那件纏在胳膊上的帆布工作服成了石剛的盾牌，當石剛無法躲閃時他只能舉起胳膊；而昆山抵擋石剛毛巾的盾牌則是他的左手，那條濕淋淋的毛巾抽到昆山臉上時，也抽在了他的手上。在那個下午的陽光的陰影之間，這兩個人就像是兩隻惡鬥中的蟋蟀一樣跳來跳去，我們不時聽到因為疼痛所發出的喊叫，他們「呼哧呼哧」的喘氣聲愈來愈重，可是他們毫無停下來的意思，他們你死我活地爭鬥著。這中間我因為膀胱難以承受尿的膨脹，去了一次廁所。我沒有找到煉油廠裡的廁所，所以我跑到了大街上，我差不多跑到了輪船碼頭才找到了一個廁所，等我再跑回來時，我忘記了大門傳達室老頭的存在，我一下子衝了進去，我似乎聽到老頭在後面叫罵著，可是我顧不上他了。等到我跑回澡堂前時，謝天謝地，他們仍在不懈地毆鬥著。

我從來沒有見過這樣漫長的打架，也沒有見過如此不知疲倦的人，兩個人跳來跳去，差不多跳出了馬拉松的路程。有些人感到自己難以等到結局的出現，這些失去耐心的人離去了，另外一些來上夜班的人接替了他們，興致勃勃地站在了視覺良好的地方。我兩次看到石剛的毛巾都抽乾了，抽乾了的毛巾揮起來時軟綿綿的毫無力量，多虧了他的朋友及時遞給他重新加濕的毛巾。於是石剛將昆山的胖臉抽打得更胖了，昆山的菜刀則將石剛胳膊上的工作服砍成了做拖把的布條子。這時候隔壁食堂裡傳來了炒菜的聲響，我才注意到很多人手裡都拿著飯盒了。

石剛濕淋淋的毛巾抽在了昆山的右手上，菜刀掉到了地上。這一次昆山站在那裡不再動了，他像是發愣似地看著石剛，他的眼睛又紅又腫，勝過他紅腫的臉，他似乎看不清石剛了，當石剛向右側走了兩步時，他仍然看著剛才的方向，過了一會他撩起了自己的衣角，小心翼翼地擦起了自己疼痛的眼睛。石剛垂著雙手站在一旁，他半張著嘴，喘著氣看著昆山，他看了一會後右手不由一鬆，毛巾掉在了地上，又看了一會後，石剛抬起了自己的右手，十分吃力地將左胳膊的工作服取下來，那件厚厚的帆布的工作服已經破爛不堪。石剛取下了它，將它扔在了地上。於是我們看到石剛的左胳膊血肉模糊，石剛的右手托住了左胳膊，轉身向前走去，他的幾個朋友跟在了他的身後。這時昆山放下了自己的衣角，他不斷地眨著眼睛，像是在試驗著自己的目光。然後，我看到晚霞已經升起來了。

我親眼目睹了一條毛巾打敗了一把刀，我也知道了一條濕淋淋的毛巾可以威力無窮。在後來的日子裡，每次我洗完澡都要將毛巾浸濕了提在手上，當我沿著長長的街道走回家時，我感到自己十分勇猛。我還將濕淋淋的毛巾提到了學校裡，我在操場上走來走去，尋找著挑釁者，我的同學們簇擁著我，就像當時我們簇擁著昆山。如此美好的日子持續著，直到有一天我將毛巾丟掉為止。我完全想不起來為什麼會丟掉毛巾，那時候它還在滴著水，我似乎將它掛在了樹枝上，我只記得我們圍著一只皮球奔跑，後來我們都回家了。於是我的毛巾丟了，我貧窮的母親給了我一頓臭罵，我同樣貧窮的父親給了我兩記耳光，讓我的牙齒足足疼痛了一個星期。

然後我喪魂落魄地走出了家門，我沿著那條河流走，我的手在欄杆上滑過去，我看到河水裡漂浮著晚霞，我的心情就像燃燒之後的灰燼，變得和泥土一樣冰涼。我走到了橋上，就在這一刻，我看到了昆山，腫脹已經從他臉上消失，他恢復了過去的勃勃生機，橫行霸道地走了過來。我突然激動無比，因為我同時看到了石剛，他從另一個方向走來，他曾經受傷的胳膊此刻自在地甩動著，他走向了昆山。

我感到自己的呼吸正在消失，我的心臟「咚咚」直跳，我心想他們驚心動魄的毆打又要開始了，只是這一次昆山手裡沒有了菜刀，石剛手裡也沒有了毛巾，他們都沒有了武器，他們只有拳頭，還有兩隻穿著皮鞋的腳和兩隻穿著球鞋的腳。我看到昆山走到了石剛的面前，他攔住了對方的去路，我聽到昆山聲音響亮地說：

「喂，你有香菸嗎？」

石剛沒有回答，而是一動不動地站在那裡，他盯著昆山。昆山的手開始拍打起石剛的衣袋，然後他的手伸進了石剛的口袋，摸出了石剛的香菸。我知道昆山是在挑釁，可是石剛仍然一動不動。昆山從石剛的香菸裡抽出了一根，我心想昆山會將這一根香菸遞給石剛，會將剩下的放進自己的口袋。然而我看到的情景卻是昆山將那一根香菸叼在了自己嘴上，昆山看著石剛，將剩下的還給了石剛。石剛接過自己的香菸，也從裡面抽出一根叼在嘴上。接下去讓我吃驚的情形出現了，石剛將剩下的香菸放進了昆山的口袋。我看到昆山笑了起來，他摸出了火柴，先給石剛點燃了香菸，又給自己點燃了。

這一天傍晚，他們兩個人靠在了橋欄上，他們不斷地說著什麼，同時不斷地笑著。我看到晚霞映紅了他們的身體，一直看到黑暗籠罩了他們。他們一直靠在橋欄上，他們手裡夾著的香菸不時地閃亮起來。這天晚上，我一直站在那裡聽著他們的聲音，可是我什麼話都沒有聽進去。在後來很長的一段時間裡，我始終在回憶當初他們吸的是什麼牌子的香菸，可是我總是同時回憶出四種牌子的香菸——前門、飛馬、利群和西湖。

國家圖書館出版品預行編目資料

黃昏裡的男孩/余華著. -- 三版. -- 臺北市 : 麥田出版, 城邦文化事業股份有限公司出版 : 英屬蓋曼群島商家庭傳媒股份有限公司城邦分公司發行, 2024.06

面； 公分. -- (余華作品集 ; 12)

ISBN 978-626-310-658-1(平裝)

857.63 113003843

余華作品集 12

黃昏裡的男孩（新藏版）

作 者 余 華
責任編輯 張桓瑋

版 權 吳玲緯 楊 靜
行 銷 闕志勳 吳宇軒 余一霞
業 務 李再星 李振東 陳美燕
副總編輯 林秀梅
編輯總監 劉麗真
事業群總經理 謝至平
發 行 人 何飛鵬

出 版 麥田出版
台北市南港區昆陽街16號4樓
電話：886-2-25007696 傳真：886-2-2500-1951
發 行 英屬蓋曼群島商家庭傳媒股份有限公司城邦分公司
台北市南港區昆陽街16號8樓
客服專線：02-25007718；25007719
24小時傳真專線：02-25001990；25001991
服務時間：週一至週五上午09:30-12:00；下午13:30-17:00
劃撥帳號：19863813 戶名：書虫股份有限公司
讀者服務信箱：service@readingclub.com.tw
城邦網址：http://www.cite.com.tw
麥田部落格：http://ryefield.pixnet.net/blog
麥田出版Facebook：https://www.facebook.com/RyeField.Cite/

香港發行所 城邦（香港）出版集團有限公司
香港九龍九龍城土瓜灣道86號順聯工業大廈6樓A室
電話：852-25086231 傳真：852-25789337
電子信箱：hkcite@biznetvigator.com

馬新發行所 城邦（馬新）出版集團
Cite（M）Sdn. Bhd.（458372U）
41, Jalan Radin Anum, Bandar Baru Seri Petaling,
57000 Kuala Lumpur, Malaysia.
電話：+6(03)-90563833 傳真：+6(03)-90576622
電子信箱：services@cite.my

封面設計 莊謹銘
印 刷 前進彩藝有限公司

初版一刷 2003年4月
三版一刷 2024年6月

定價／350元

ISBN 9786263106581
9786263106598 (EPUB)

城邦讀書花園
www.cite.com.tw